續·在森崎書店的日子

續・森崎書店の日々

八木澤里志

張秋明 譯

1

休假的日子，我會走在以前常走的巷道裡。那是一個充滿平穩、祥和空氣的十月陽春午後，可以感覺到隨意搭在頸邊的棉質圍巾下的肌膚已微微沁出汗水。

就算是平常日的白天，這條路上擦身而過的行人們也都踏著跟我一樣悠閒的腳步。偶爾會停下來，然後無聲地消失在路邊的書店裡，就像被吸進去似地。

東京的神保町，一條到處都是書店、有些奇特的街道。那些櫛比鱗次的二手書店，賣的是藝術、戲劇腳本、歷史、哲學，甚至是善本書、古地圖等稀有的東西，每家店都展現出自己的個性。據說全部加在一起，那些二手書店已超過一百七十家。實際上一整條街都是書店林立的光景，也是很值得一看的畫面。

儘管隔著一條大馬路的對面就是大樓群立的商業區，唯有這一帶充滿了耐人尋味的建築物，很巧妙地不受到周遭環境的干涉，彷彿存在於不同的時空一樣，獨自散發出幽靜的氣氛。所以只要隨意散步其中，時間總是一下子就過去了。

我要去的地方就在這裡的某個角落。穿過二手書店林立的街道，轉進前面的小巷內就能看到。

那是一間叫「森崎書店」，專門買賣日本近代文學書的二手書店。

「喂，貴子，我在這裡！」

一拐進街角，就聽到那個略帶興奮的聲音在呼喚我的名字。

抬頭一看，一個戴著黑框眼鏡、身材不是很高的中年男子正對著我用力揮舞著手。

「電話中不是叫你不用等我嗎？人家又不是小孩子。」

趕緊飛奔上前，壓低聲音抗議。這個人每次都這樣，把我當小孩子看。問題是我都已經是二十八歲的女人了，在這大馬路上被人直呼名字，實在感覺很丟臉！

「誰叫妳一直都沒出現，我擔心妳會不會是迷路了。」

「那也犯不著站在店門口等啊，更何況我來這裡都幾十次了，怎麼可能會迷路！」

「話是那麼說沒錯啦，不過貴子妳這個人就是有點小迷糊。」

聽到這句話我立刻強力反擊。

「那是你才對吧！也不拿個鏡子仔細照照看，肯定會看到一個已經痴呆茫然的歐吉桑在鏡子裡面望著自己。」

他是森崎悟，我媽的弟弟，也是這間森崎書店的第三代老闆。在大正時期由曾祖父開設的第一代店面早已經拆掉了，目前的店面好像是四十年前重新蓋的。

說起悟叔這個人，就外貌而言，渾身散發出一股詭異的氣氛。總是穿著皺巴巴的衣服，趿著夾腳拖鞋，一頭捲髮好像從來都沒整理過似地蓬亂。再加上說話瘋言亂語，跟小孩子一樣想到什麼就說什麼。總之是個令人難以捉摸的人物。

也正好身處於神保町這個有些特殊的街道上，對他怪異的行為與性格起了不可思議的良性作用，反而讓他人緣頗佳，幾乎很難找到不認識他的人。

由於悟叔經營的森崎書店是間古老的木造二樓建築，充滿「二手書店」的味道，感覺很破舊。店面很小，一次頂多只能容納五個客人。除了書架裡面，包含書架上方、牆邊，甚至收費櫃臺後面的空間都堆滿了書，店裡飄散著一股二手書特有的霉臭味。基本上書架裡擺的是訂價從日幣一百到五百的低價位舊書，但也有經手知名作家初版書等稀有的品項。

從祖父的時代起，買二手書的顧客開始減少，據說有段經營困難的時期。但至今仍能繼續營業，完全是拜一群喜愛這間店、仍願意上門光顧的客人所賜。

我第一次造訪這裡是在三年前。

當時悟叔讓我借住在書店二樓的空房間裡，還說「隨便妳高興住多久」。

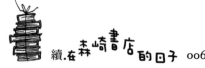

在這裡生活的那些日子，至今我仍歷歷在目記得很清楚。如今回想起來，當時的我因為某個無聊的原因過著自暴自棄的生活。剛開始時也曾遷怒於悟叔，對他亂發脾氣，自以為是悲劇女主角，整天躲在房間裡以淚洗面。悟叔則是始終很有耐性地對待我，給我許多溫柔的安慰話語。最重要的是，他自己現身說法教導我讀書，是一種充滿刺激、令人心情雀躍的經驗，也讓我體悟到人活在世上必須真實面對自己的心情。

帶我認識神保町這條街道的也是悟叔。剛來到這條街時，只覺得這裡怎麼到處都是書店。

悟叔還難掩驕傲地對著困惑的我介紹說：「這條街一直受到許多文豪的愛戴，可說是世界第一的書店街！」

老實說當時我根本不知道他想表達什麼，也不明白他的驕傲是其來何自。

然而隨著時間經過，我開始理解悟叔想要說什麼。

沒錯，這樣的街道全世界找不到第二條。他要說的是，這是一條充滿刺激與魅力的街道。

「我說你們兩個在幹什麼?」

正當我和悟叔站在店門口跟往常一樣鬥嘴時，店內傳來喝斥的聲音。一個剪著一頭俏麗短髮的女人正坐在櫃臺後面，滿臉不高興地看著我們。

她是桃子嬸嬸。

「瞧你們聊得那麼熱絡，還不趕快進來。」

一副等得不耐煩的神情，對著我們猛招手。看來是一個人坐在店內等，讓她覺得很不是滋味吧。

桃子嬸嬸是悟叔的太太，個性一如剖開竹子般直爽。儘管外貌和年齡都跟悟叔差不多，卻給人年輕許多的感覺。悟叔在她面前完全抬不起頭來，乖乖地就像她養的小狗一樣，悟叔也只有跟她在一起時才會表現出那種樣子。

其實桃子嬸嬸曾因為某個原因離開悟叔，獨自生活了五年，一個月前才平安歸來。之後便跟著悟叔一起打理這間二手書店。

「對了，貴子最近怎麼樣呢？」桃子嬸嬸微笑地問我。

總是挺直著腰桿是她最棒的一點，讓只是普通的毛衣和長裙穿在她身上，就顯得很有氣質。我不會想要有她豪爽的性格，但多少有些嚮往她優美的身影。

「嗯，算是平穩沒事吧。工作也很順利，嬸嬸呢？」

「我當然也很平安健康呀。」

桃子嬸嬸模仿大力水手擠出手臂的肌肉給我看。

「是哦，那就好。」

我聽了也很放心。桃子嬸嬸幾年前生了一場大病，目前仍在追蹤癒後狀況。悟叔也很擔心桃子嬸嬸的身體，不過因為太過關心，反而被嫌煩人。

「店裡有大福麻糬，要吃嗎？」

「那就吃一個吧。」

「妳嬸嬸在店裡，我總覺得綁手綁腳，還是自己一個人比較自在。」確定桃子嬸嬸走進店後的房間，悟叔才小聲抱怨。

「可是真要變成一個人又會覺得寂寞吧？」

聽到我的調侃，悟叔像個孩子似地賭氣反駁，「胡說八道！問題是那傢伙坐在櫃臺後面，那我要坐哪裡？最近我只能像隻看門狗一樣，在門口走過來又走過去。」

「該不會悟叔今天也是站在店門口吧？」

「謝謝妳注意到了。」一臉正經地陳述完自己的困境後又說：「那不重要啦，對了，貴子……」悟叔在我的耳邊像是有悄悄話要說。

「幹麼？」

「前幾天在拍賣會剛好進到好貨，還沒拿到店裡擺。可以給妳特別待遇，讓妳先瞧瞧。」

別聽他嘴裡那麼說，其實是非常想讓我看看。不過我也早受到他的感染，聽他這麼說，心情跟著興奮起來。心裡不禁覺得，這應該就是血緣關係吧！過去每到假日，我就會像這樣頻繁出現在店裡，不也是衝著這個來的嗎！

「我要看！」我不禁提高音量說話。

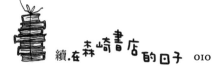

「你們這是幹什麼！虧我還特地泡了茶。」

桃子嬸嬸手拿著茶壺，一臉無奈地看著我和悟叔。

「這裡是書店，不看書還能幹什麼？妳說對吧，貴子。」悟叔說話的語氣斬釘截鐵。

我笑著表示同意悟叔的說法。桃子嬸嬸一臉不滿意的神情看著我們，破口大罵說：「我最討厭你們叔姪倆了！」

這就是我鍾愛的書店，森崎書店。

從那時候開始，這家店就成了我日常生活的一部分，而其中充滿了許多小故事。想來今後我仍將持續造訪這個地方吧！

2

森崎書店自詡為近代文學書的專賣店。

雖然也有賣現代小說，但只限於擺放在門口的每本一百元的花車裡。店內基本上只放從明治到昭和初期的小說（所以店內總是瀰漫著潮溼的霉味，那也是沒辦法的）。

由於買賣的盡是這種特殊的書本，因此客人們也是頗具特色的怪胎。

如今已經見怪不怪了，剛開始的時候我還真是嚇得不知所措哩。說是難以應付，好像也不太對。應該說那樣的客人多半沒什麼壞處，只是行為舉止有些怪異罷了。他們通常都不愛說話，專心一意地找完書後便會走人。絕大多數是上了年紀的男性，而且肯定是單獨行動。很難想像他們平常的生活狀況，與其說他們非人類，不如說是不會害人的妖怪更容易取信他人，因為他們身上充滿了那種氛圍。

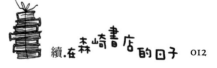

每一次來玩，我都會很在意那些客人是否依然持續逛書店。明明彼此不熟，卻還是暗自祝福，希望他們平安健康。既然大家都喜愛這家店，便會產生類似盟友的感覺，而且他們多半已上了年紀，難免也會關心是否生病了。

我還在店裡幫忙時，一旦看到熟悉的怪胎客人上門，便會暗自慶幸想著，啊，看起來很健康嘛。

其中有個紙袋老爺爺是我住在二樓時，每天幫忙看店期間最關心的客人。

紙袋老爺爺顧名思義，總是雙手提著破舊的紙袋到店裡來。有時是百貨公司的紙袋，有時則是三省堂等大型書店的。大概已先逛過其他地方了吧，常常紙袋裡已經裝滿許多二手書，沉重的紙袋似乎不是瘦弱的雙手可以負荷。而且他每次都固定穿著白襯衫和灰色毛衣出現。

光是如此還不足以為奇，問題出在那件灰色毛衣上。那已經不是破舊與否的程度，而是還能穿上身簡直就是一種奇蹟。老爺爺本人不會給人骯髒的感覺，反而是他整體的整潔感更突顯那件毛衣彷彿從遺跡中發掘出來的。

第一次看到他，帶給我極大的衝擊。偷偷瞄著老爺爺在店裡挑書的身影時，好幾次都想大叫，「老爺爺，你應該是去買衣服，而不是買書吧」。然而老爺爺哪裡會注意到我的心情，買了十本左右的書，塞進紙袋裡，便沉默無語地走出店門。

從此以後，每次只要老爺爺一來，我的視線就會自動停留在他身上。有時候他會一個禮拜來好幾次，或是長達一個月都不上門。老爺爺的服裝每次都一樣，雙手總是提著裝滿書的紙袋，有時候光是在森崎書店就買了上萬元的書，而他身上的毛衣也越來越破舊了。我實在很好奇他到底是什麼樣的人，偏偏沒有勇氣主動上前攀談，每一次都只能默默地望著他的背影。

「瞧他每次都買這麼多書，該不會是在別的地方開二手書店吧？」有一次我如此問悟叔。

「不，那些他是要買來自己看的。」悟叔很有自信地回答。

「是哦，悟叔怎麼知道我猜得不對呢？」

「拜託，這點小問題我隨便一瞄就看得出來。」

真的是那樣子嗎？我幾乎一點也分辨不出來。當有新客人來店裡時，悟叔似乎只要看一眼就能分辨對方是來買書的，還是散步之餘順便進來逛逛而已。那大概就是所謂的專業直覺吧。

「好吧，」我充滿好奇地提問：「那個老爺爺是做什麼的？我想悟叔應該也能猜得出來吧。該不會錢都花在買書上面，所以沒錢買衣服？」

「別亂講！」悟叔一副斥責小孩子的口氣說：「不可以那麼沒禮貌地探客人隱私。書店的工作就只是賣書給需要的人而已，客人從事什麼工作、過著怎樣的生活，犯不著我們去關心。要是那位老先生知道店員們很在意自己的身家背景，妳想他的心情會好嗎？」

悟叔的這番話可說是生意人的至理名言，我聽了也只能反省。別看他平常一副漫不經心的樣子，真不愧是長年經營二手書店的老闆，很清楚什麼時候該說什麼話。這個時候的悟叔倒是挺帥氣的。

總之就是這樣，所以老爺爺的背景至今依然是個謎。

每個怪胎客人來買書的理由，都充滿了各自獨特的性格，真是趣味盎然！沒想到光是買二手書這件事，背後竟有這麼多的因素，讓我驚嘆不已。

例如有人專門收購珍本書，不分古今東西和範疇，只要是珍本書就蒐集。有個在業界相當知名的收藏家來店裡時，似乎對店裡的藏書不太滿意，曾丟下一句話：不管是什麼名作，只要不是珍本書就等於是濫作。害我當場像是狐狸附身一樣不知所措。

另外還有被稱為「挖寶客」的人，將便宜購得的高價書轉賣給其他二手書店以賺取其中差價，換言之，就是靠買賣二手書賺錢的人。對這種人而言，書的內容不重要，搞不好他們連翻一下內容都嫌麻煩。此外也有選擇目標不是小說，而是為文章畫插圖的無名畫家，甚至有人僅靠著些微的資訊一心尋找某一幅插圖。也有基於書架上只擺放初版書的理由——除非想買的書是初版，否則絕不掏腰包的客人。

其中最極致的一位，是我還借住在店內時期、只出現過一次的老人家。

那位老人家是在黃昏時突然出現在店內，直接就往店最裡面放高價舊書的書架走去。每抽出一本書就只翻看最後面的版權頁，看完又放回去，不斷重複同樣的動作。有時手會停下來，緊盯著該頁的某一點看，忽而點頭稱是，忽而臉上浮現一抹微笑。老實說，感覺真的很嚇人。

不久老人家查閱完該書架上所有的舊書後，便立刻轉身走出店門。我立刻扯著悟叔的袖子，問他究竟是怎麼一回事。

「哦，他是在看檢驗章啦。」悟叔一副沒什大不了的樣子，頭也不抬地緊盯著帳簿回答我。

「他是檢驗章收藏家。很少來我們店裡，在附近也算是名人之一。我記得應該是野崎先生吧。」

「檢驗章收藏家？」

頭一次聽到這名詞，我不禁側著頭沉思。

「沒錯。檢驗章就是蓋在版權頁的戳章。」

悟叔抽出一本裝幀頗具歷史的舊書，翻到最後一頁讓我看。那本書是太宰治的《人間失格》。仔細一看，版權頁的左邊蓋著一個「太宰」字樣的紅色戳章。悟叔在一旁說明，以前的書裝幀時需要較多的手工工序，作者為了確定數量和認可發行，所以會蓋上檢驗章。通常跟這本書一樣會蓋上名字，其中也有對圖案很講究，充滿設計性的戳章。

總之，剛才那位老人家尋找的目標就是這些檢驗章。要不是悟叔告訴我，我根本連有那種章的存在都不知道。可是收集那種章要幹什麼呢？他們該不會把檢驗章給剪下來，類似郵票一樣放進收集本裡，每天晚上都要拿出來撫摸、欣賞一番吧？

「嗯，大概就是那麼一回事。」悟叔的表情顯得習以為常。「不過也有人不喜歡剪下來，會乾脆連書一起收集。」

「那未免太走火入魔了吧。」

一如世界上有人喜歡觀測天象，宇宙的遼闊就能讓他們興奮莫名；同樣地，也有人的興趣是收集檢驗章這麼小的東西，而且過程還充滿了困難。我實在是無言以對。

「糟糕！恐怕對貴子來說，這種事太過刺激了。」

當時悟叔這麼說完後，一邊斜眼瞄著滿臉困惑的我，一邊大笑起來。

「嗨，打擾了。」

隨著這句輕快的招呼聲，探頭走進來的是三爺。

弄出一陣噪音，反手關好門後，說了些莫名其妙的話：「唉呀，今天天氣真好，令人很想讀瀧井孝作的書。」

接著，想當然耳地坐在收銀櫃臺前的椅子上。悟叔也很習以為常地說聲「一起喝杯茶吧」，並開始準備泡茶。

三爺是森崎書店的熟客之一，或許也是最常來的客人吧。

話雖如此，卻對書店的營業額貢獻不多，充其量只能算是來店頻率最高的客人；換句話說，是常來串門子的客人。這位大叔做人還算不錯，喜歡談論別人的是非，詳細年齡不是很清楚，大約五十過半吧。一顆頭除了兩側外，幾乎都禿光了，本人也常以此為話題，自我調侃。

「咦，今天怎麼沒看到桃子呢？」

三爺一邊在店裡東張西望，一邊問悟叔。

桃子嬸嬸在這群熟客大叔間很受歡迎。除了肯聽他們說話，也能對他們有話直說外，最重要的是緊緊抓住了大叔們的心，因此最近森崎書店產生了專程為桃子嬸嬸而來的客人快速增加中的奇妙現象。三爺當然也是其中之一，完全被桃子嬸嬸玩弄於掌心中。

「我老婆現在在那家店啦。」

悟叔苦笑地用下巴指向門口，三爺立刻露出失望的神情。

「是哦，真遺憾。」

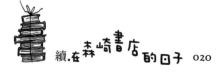

最近桃子嬸嬸從傍晚開始，會到距離這裡約十步遠的小餐館幫忙。因為負責做菜的人臨時辭職，陷入困境的老闆便盯上了擅長廚藝，又很會接待客人的桃子嬸嬸。是真是假不清楚，根據桃子嬸嬸的說法，小餐館的生意似乎比以前好很多。雖然森崎書店不差她一個人手，但考慮到她的身體狀況，我們不禁擔心她何苦要去做那麼辛苦的工作時，卻被她反嗆說：「拜託，這點工作算什麼呢！阿悟和貴子就是沒事愛操心。」

「您好呀，三爺。」

因為看到三爺完全無視於我的存在，沒辦法，只好自己先主動打招呼。

「唉呀，貴子，妳來了啊。」

明明早就看到我了，三爺卻裝出現在才驚覺的樣子。自從桃子嬸回來後，他對我的態度顯然大不如前。過去可是對我疼愛有加，甚至還說過「要叫我兒子娶妳當媳婦」，搞得我有些難堪。

「我今天來幫忙看店。」

「幫忙看店呀，年輕女孩平日裡就無所事事，妳真的有在上班嗎？」

「真是失禮！我們公司平常日請假很容易的。」

我氣得反駁回去，他反而放聲大笑。三爺就是這樣的人，人還不錯，就是嘴巴壞了點。

另一方面三爺也是這附近的萬事通，本人也頗引以為傲，所以每次一來書店，總是要跟悟叔打探森崎書店那些常客的近況。

「瀧川老兄他最近怎麼樣呢？」

「最近沒看到他來店裡，以前每兩個禮拜就會來買書的。」

「但願不要生病了就好。」

「得看到他上門，我才能放心。」

「那來栖教授呢？那個人應該是用研究費買書的吧，有夠賊的！」

「教授兩天前才來過。」

「山本老弟呢？前一陣子他誇口說藏書已經有五萬本了，把我氣得牙癢癢。不過他肯定是在吹牛。」

大概就是像這樣東扯西扯，而最後話題一定會回到這間書店。

「我說呢，大家都上了年紀，這間店如果沒有新客人，會撐不下去的。」

「唉，就是說啊。」

他和悟叔兩人說到這裡，不知為什麼竟笑了起來。這兩個人每次都是重覆類似的話題，居然一點也不會膩，真是不可思議。

不過對於三爺，打從以前我的心裡就一直有個疑惑——

三爺究竟是何方神聖？

他自詡為這一帶的萬事通，除了在森崎書店外，不管在白天或是晚上，常常會在神保町附近碰到他。他似乎很閒，從沒看過他忙著做什麼事。雖說都是買便宜的二手書，但從以前就買了不少。除非住在大房子裡，否則那麼多的書要怎麼收藏呢？還有，他有一個很適合穿和服、長得很漂亮的太太也是一個謎。

由此我也很自然地懷疑，三爺從事的職業是什麼？仔細想想他才是最令人猜不透的人物吧。

基本上三爺已經不被當作客人看待，所以我如果開口問，悟叔應該也不會生氣吧。

就這樣，我加入了兩人從剛才起一邊喝茶一邊聊天的話局。

「三爺，方便請教您一件事嗎？」

「幹麼呀，突然間煞有介事地。」

「請問您的職業是什麼？剛才您說我無所事事，依我看您才是最無所事事的閒人吧。」

三爺像是早就在等我問這個問題一樣，露出像冷硬派小說中偵探的表情，揚起嘴角，露出一抹微笑，搞得我心急如焚。

「妳想知道？」

他從對面的椅子裡探出身體，貼近我問。這真是要悶死我了。

「是的。」

儘管我心裡已開始後悔自己哪壺不開提哪壺，但為了滿足三爺的希望而點點頭。跟三爺交手時，常常得面對這種麻煩的情況。

「無論如何都想知道嗎？」

「不，其實也還好啦。」

「那我就無可奉告了。」

「怎麼可以這樣！好吧，我是真的無論如何都想知道啦。您要是不說，我今晚可能會睡不著覺。這樣說可以嗎？」

「真的嗎？」

「對啦對啦，真的很想知道。到底您的職業是什麼？」我很不耐煩地追問。

只見三爺一臉很滿意的樣子，臉緊靠著我輕聲說：「我、不、告、訴、妳。」

我像金魚一樣嘴巴張闔著。

三爺看到我這副德性立刻捧腹大笑。

「欸……」他真是令人生氣的大叔，完全是在作弄人嘛。「您這是什麼意思嘛！」

「唉呀，真是傑作呀！」

「可惡的大叔……我說悟叔，你應該知道吧？」

「是呀，我記得應該是……」

「不准說，阿悟。」三爺連忙用力搖頭制止悟叔。「現在讓貴子知道還太早。」

「唉呀，好險，差點就失敬了。」

「你們這是什麼意思嘛！」

「不都說男人越是神祕就越有魅力嗎？所以我不能告訴妳。最好讓妳很在意我這個人，甚至在意到晚上都會夢見我。」

「我才不要！我已經對您的事情不感興趣了。」

「哼！好個嘴硬的女孩。」

「不，我是真的不感興趣了，從今以後絕對不會再問您了。」我很不高興地回應。

「好吧，今天逗貴子玩也夠本了，我要回去了。」

三爺一口氣把茶給喝掉後，隨即走出店外，一路上還不斷發出呵呵的笑聲。

「什麼跟什麼嘛！怎麼會有這種人！」

看到我目瞪口呆地這麼說，悟叔也同意我的看法。

「是呀，好個怪胎。」

的確，這家店真的都聚集些怪胎客人。

3

「我的次郎呢？」

到了傍晚，突然間悟叔開始大吵大叫，高分貝的嗓音迴盪在狹小的店內。

「從我送貨回來後，到處都找不到。」

「我哪會知道。」

因為獨自一人一邊靜靜地顧店一邊讀書的時光被打斷，我回答的語氣有些不耐煩。悟叔這個人就是這樣，也不管人家是不是正在讀書，動不動就要跟妳說話。這麼白目，一點都不懂得察言觀色。

雖然在森崎書店裡的時光總是很愉快，唯一美中不足的就是悟叔太吵了。以前我借住在這裡時，悟叔因為腰痛每天要看門診，兩人碰面的時間較少。如今我們在店裡的時間幾乎都一樣，害得我不得不陪他說話聊天。這是悟叔的店，我這樣嫌他礙眼吵鬧，固然很過分，但他是那種為了一點小事就能大驚小怪的人，像這樣為了芝麻綠豆瑣事而引起的騷動，一天肯定會發生一次。

悟叔一下子在店裡大吵大鬧、走來走去，一下子又把我從收銀臺後的椅子上推開，拚命地到處翻找。

「就跟你說我不知道了嘛！一定是你自己又亂丟到哪去了。」

「對現在的我來說，次郎的重要性僅次於我的生命，我怎麼可能會到處亂丟呢。」悟叔說完站起來時，突然「啊」的一聲大叫！並直接衝上了二樓。乒乒乓乓的聲音連樓下都聽得見。

「桃子這傢伙！」

過了一會兒，悟叔胸口抱著一個褐色的椅墊從樓梯走下來。我還沒見過除了他以外，有哪個成人會為了一個椅墊鬧得天翻地覆。

最近悟叔除了腰痛，好像連痔瘡也發作了，以至於長時間坐在椅子上對他而言如同「嚴刑峻罰」。

可話又說回來，開二手書店的人一天有一大半的時間就是坐在椅子上等著客人上門。悟叔這樣怎麼做生意呢？幫他從困境中解救出來的，就是這種中間有個圓洞，俗稱的甜甜圈椅墊。

椅墊似乎能大幅減緩疼痛，讓悟叔十分依賴這個椅墊，甚至還說只稱呼為椅墊顯得太沒有感情，因為是痔漏用的椅墊，所以取名為次郎（編按：兩者的發音都是ji-roo）。可別以為他在開玩笑，他本人是認真的，而且極其認真看待。

「嘿咻！」

悟叔將椅墊放在椅子上，然後像電影中防爆小組處理爆裂物一樣小心翼翼地坐上去，這之間嘴裡還不忘碎碎念著桃子嬸嬸。看來桃子嬸嬸到小餐館幫忙之前，趁著悟叔外出送貨不在，將椅墊拿到陽臺晒便忘了收回來。因此悟叔才會對桃子嬸嬸怒上心頭。

「既然找到了，這下沒事了吧。」我只是對好不容易度過危機而鬆了一口氣的悟叔隨聲敷衍。

「人要是上了年紀，身體上上下下就開始出問題，真要命！」

「不要說話語氣像個老人家。」

「我實際上也算是個老人家了。」

悟叔說話的神情像個喪家犬一樣。

「悟叔不是才四十多歲嗎？」我驚訝地反問。真希望悟叔不要被痔漏之類的毛病給打敗，始終能打起精神，健康過日子。「還很年輕啦。所謂的老人家，是指歲數更大的人才對吧！」

「可是遇到這毛病就沒轍呀。」

只有得過痔漏的人才能體會痔漏的痛苦。悟叔有模有樣地說著，彷彿這是一句格言。據說痔漏確實是痔瘡中比較疼痛的一種，所以應該很難受吧。不過這話從悟叔嘴裡說出來，聽起來就像是在開玩笑一樣。

「對了，要不要也幫貴子準備個專用椅墊呢？」

「不用了，我又沒有得痔瘡。」

我當場拒絕，大概因為悟叔也累了，所以沒有繼續說下去。為什麼連我的份也要準備？真搞不懂他在想些什麼。難不成還要取名為三郎嗎？類似這種奇怪的講究與執著，在悟叔身上還多得很，真要娓娓道來，簡直是沒完沒了。例如在家吃的咖哩，就非得是偏甜口味的佛蒙特咖哩才行。這是一個四十多歲大男人的堅持。
有時候桃子嬸嬸沒留意買了小辣口味回來，悟叔會大發雷霆。桃子嬸嬸常常被氣得「很想用力踹他的屁股」，我其實很能理解她的心情。
不過畢竟次郎已經找到，這下悟叔應該能稍微安靜點吧。我鬆了一口氣，準備回到書中的世界裡。
可惜我能這麼想也只有幾秒鐘，因為悟叔又露出了天真無邪的笑容，慢慢踱到我身邊、靠在椅子旁，好管閒事的毛病再度發作。
「我說貴子呀……」
「…………」
「妳在讀什麼書呢？」
「又來了！我讀什麼書關你什麼事啊！」
不管我是假裝沒聽到還是生氣怒吼，悟叔都不為所動。
「原來是織田作之助。」
他偷瞄了我手上的那本《夫婦善哉》後，露出一副很懂的樣子頻頻點頭。

「妳喜歡這本書？」

「喜歡啊，我已經讀第二遍了。好了，這樣你滿意了吧？我要讀書，你不要來煩我。」

問題是悟叔根本把我的話當成馬耳東風。

「這又是一個人生很悲慘的作家。」

悟叔瞇著眼睛看向遠處，一副煞有介事的口吻逕自說下去，「是嗎，原來貴子也喜歡織田作之助啊。不過對於他的一生，妳應該什麼都不知道吧？唉！真是太遺憾了。」

情況演變至此，便再也沒有後路可退。明顯可以看出為了一吐為快，他早就在一旁蠢蠢欲動。沒聽他說完，我是無法解脫的。

悟叔不只是對作品，對作者的生平也異常熟悉。比起日常三餐，他更喜歡閱讀心儀的作家自傳、回憶錄、傳記和書簡集等。這跟開二手書店毫無關係，完全是悟叔的興趣所致。悟叔愛書是連作者走過什麼樣的人生、如何生活、如何愛過、如何離開人世都一併緬懷於心。

基本上我覺得這樣也很好。不過悟叔還喜歡跟別人說那些作家的故事，彷彿自己親眼目睹過一樣。於是我從他口中聽到了太宰治、福永武彥、佐藤春夫等許多作家的人生點滴。當然，我對那些留名後世的作者生平很感興趣，但我也有不方便和不想聽的時候。可是悟叔完全無視於我的狀況，一旦啟動開關，眼鏡後面的瞳孔就亮了起來，非說到自己心滿意足絕不停止。

我只好用力嘆口氣（其實一點效用也沒有），認清事實地闔上書本。告訴自己：讀書的時間已經結束了。沒辦法。只能聽他說了。

「你剛才說織田作之助的人生很悲慘嗎？」

「是呀，沒錯。」

「從他的文字風格，多少也給人那種感覺。」

「因為他的作品很多是以個人經驗為題材的。」

悟叔看到我肯陪他聊這個話題，露出滿意的表情猛點頭。

接著，就開始口沫橫飛地敘述織田作之助的人生。

根據悟叔所說，作之助的人生充滿了苦難。學生時代罹患肺結核，大學也很倒楣地中輟。後來愛上在咖啡廳工作的女孩一枝，展開猛烈追求而結婚，從此立志成為小說家。可惜無法得到認可，長期以來過著貧困的生活。之後辛苦有了代價，以《俗臭》、《夫婦善哉》成為小說家贏得肯定，開始以作家身分順利踏上文壇，不料幾年後心愛的妻子一枝病倒，丟下他一人離世……

就像是戲劇中的主人翁一樣，人生充滿了苦難的波濤。

「據說失去一枝的作之助，完全不避諱外人的眼光，哭得死去活來。一枝對作之助而言，是人生中第一個打從心底喜愛、並同樣得到愛的回饋的人。

「失去支柱的作之助，整個生活步調被打亂，肺結核的病情也跟著加重。大概本人也預知自己死期不遠吧，所以才會對著死去的一枝哭訴，幾年後自己也將追隨她的腳步共赴黃泉。從此耽溺於酒、咖啡和尋求女人的慰藉，一邊咯血一邊寫小說。」

悟叔倒背如流地侃侃而談，簡直就像是表演特技一樣。一如以往我聽得如痴如醉，完全沉浸在悟叔的話語之中。

「到了晚年，身心都已凋零的作之助，為了寫小說而開始施打非洛芃（Philopon），否則病情沉重到連筆都握不住。他的身體已經殘破不堪了。」

「非洛芃……是一種毒品吧？」

「是的。現在很難想像，但在當時的社會卻可以輕易地從藥局買到。據說施打之後，可以好幾天不睡覺的寫小說。」

「天啊……」

在今天這個時代完全無法想像，但就算是和當時的情況、民風大不相同，也是讓人痛心的故事吧。

「其實並非只有作之助，經常施打非洛芃的作家多得不勝枚舉，像坂口安吾也是芃派一員，早就名聞遐邇。」

「芃派？」

這名詞聽起來很好聽，該不會是……

「沒錯，就是非洛芃癮君子一派。」

我再度驚呼一聲，「天啊……」

「很悲哀吧。」悟叔也很感慨地搖搖頭。

「然而作之助的心中始終存在著一枝。他的傑作短篇小說之一〈賽馬〉，寫的是一個因為妻子過世而自暴自棄的男人，像是發了瘋似地不惜花光錢從早到晚賭『一號』馬贏。理由很單純，只因死去的妻子名叫『一代』。我不知道作之助是用什麼樣的心情寫這篇小說，但他強烈思念著一枝是無庸置疑的。」

「嗯……絕對是那樣子沒錯。」

我對這種故事完全沒有抵抗力。光是想像，就已經同情不已。

「就算成為藥罐子、整天咯血，他仍堅持寫小說。就連大量咯血被送進醫院時，他還頑強抵抗、大吵大鬧說自己得寫小說，不能離開。最後他終於病倒在旅館，之後病情逐漸加重。並於昭和二十二年（一九四七）撒手人寰，才三十三歲而已。」

「才三十三歲嗎……如果身體健康，應該還能寫很多作品才對。」我滿懷惋惜的心情這麼說。

如果他能活得更久一點，不知道會寫出什麼樣的作品呢？

「但也因為短暫的人生，讓他經常意識到死亡，所以才拚命想要燃燒生命創作小說吧。那是一種鬼迷心竅的執著。這麼一想的話，短命的作家何其多，卻不見得因為人生短暫，他們就能寫出同樣精彩的作品吧。固然織田作之助的傑作也不多，但他確實留下了精彩的短篇小說。至於這樣到底好不好？恐怕得到天堂問他本人才知道吧。」

悟叔坐在甜甜圈形狀的椅墊上，神情顯得感慨良深。

是哦，我低喃了一句。眼光突然瞄向並列在書架上的一整排書背。

「仔細想想，這些書的作者們幾乎都已經不在人世，感覺有點不可思議。他們留下了作品，讓我們至今讀了依然深受感動。」

沒錯，這些名字排列在書架上的人們，大多數已經去離我們人世很遠的另一個世界。只要一想到這裡，心情就百感交集。

「說得也是，能將自己的想法化成有形的東西存留人世間，的確是很棒。不只是作家，所謂的藝術家都很厲害。也因此我們才能從先人遺留下來的東西學習到很多。」

我不停地點頭附和悟叔的說法。

「嗯，真的是那樣子沒錯。」

回過神來，這才發現太陽已經下山，窗外陷入在暮色之中，該是打烊的時刻了。看來我又被悟叔牽著鼻子走，跟他聊得很起勁。邊回味著織田作之助的一生，邊想著其實這樣也不錯呀。

我以為悟叔之所以想要深入了解作家們的人生，是想從他們身上學習些什麼，內心潛藏著想要了解自己人生的欲求。

聽說悟叔年輕時，曾經為自己的存在而煩惱痛苦過。

於是，悟叔二十多歲時打工存了一筆旅費後，便背起背包到世界各地流浪了好幾個月。等到錢花光了又回到日本打工，周而復始，一而在地四處流浪。換言之，他是在找尋自我。這種事掛在嘴巴說有些難為情，對於無所畏懼、勇於實現的悟叔，著實讓凡事都怕東怕西、不敢採取行動的我感覺又帥又酷！

以前去位在國立的悟叔家玩時，他曾給我看當年的照片。好像剛出發去旅行的時候，照片中的悟叔是二十歲出頭的青年。那時我才出生沒多久，從未親眼見過那麼年輕的悟叔。

照片背景是在尼泊爾或是印度的街頭（連悟叔自己也記不得了），一個留著滿臉鬍碴，雙頰瘦削，皮膚晒得黝黑的男子佇立在畫面中間，黑色的眼瞳炯炯有神，直盯著鏡頭看。

「哇，好像別人哦。」

我看著照片不禁驚叫出聲。覺得很像別人，其實一點也不誇張。照片裡的人氣質跟現在的悟叔完全不一樣。

「那是因為當時很年輕呀，都已經是三十年前的事了。」

「不只是那樣，該怎麼說呢？感覺有點嚇人耶。」

我凝視著照片說出自己的感想，照片中年輕的悟叔似乎也不甘示弱地回瞪著我。當時的年輕人如今居然變成為了找不到一張椅墊而吵鬧不休的歐吉桑，人生真是不可解呀！

「唉，當時真的有太多的煩惱，所以旅途中也拚命地閱讀。」

悟叔一邊搔著蓬亂的頭髮，一邊哈哈大笑，企圖用笑聲掩蓋過去的自己。

「每次看到那張照片都覺得好笑。」坐在旁邊的桃子嬸嬸也跟著一起嘲笑。

整個長途旅行中，悟叔上鏡的照片就只有那一張。

「因為是第一次旅行，拿起相機就到處亂拍，之後旅行便連相機都懶得帶了。」悟叔雲淡風清地說著。

「不會吧，好可惜喲。」

「因為留下照片也不能怎麼樣呀。」

「是那樣嗎？那你在巴黎遇到嬸嬸也是這段時期嗎？」

「我認識他應該是在更晚以後吧？當時他的樣子可沒有這麼嚇人，眼神溫柔許多。如果阿悟當時是這副德性，我絕對不會靠近他的。」

「就是說嘛，連我自己都覺得挺嚇人的。」

「感覺有種要殺人的氣氛。」

他們倆一搭一唱，笑得都直不起腰了。桃子嬸嬸用手捏悟叔的臉頰，悟叔完全沒有抗拒，兩人一起嘻笑不已（桃子嬸嬸有種奇怪的毛病，習慣捏親友的臉頰）。真是一對有趣的夫婦。

「不過當時我和老爸處不來，常常動不動就吵架。唉，一直都讓他為我擔心。」

「因為你和他的個性完全不同吧。」

「我們的確性格完全不一樣。」

外祖父是個嚴厲的人，沉默寡言，從來不開玩笑，眉頭總是刻著深深的皺紋，似乎認為嚴厲生活才是美學。聽母親說外祖父的第一段婚姻，妻子很早就病歿。和外祖母再婚時，年紀已將近五十。通常老來得子，總是會寵愛有加，外祖父卻不是那種人，從小對於母親和悟叔的管教相當嚴格。關於二手書店的經營，聽說也貫徹自己的美學，絲毫不妥協的態度，有時還會趕走光看不買的客人。跟悟叔的經營方式完全不同。

「可是到了現在，你卻接手老爸的店繼續營業。」

「是呀，真是不可思議！但願老爸在天上不會生氣。」悟叔半開玩笑地說。

「他應該氣得暴跳如雷吧。大罵你這傢伙，一點都不懂怎麼開二手書店，只會給周遭的人帶來困擾。」桃子嬸嬸說完，兩人又笑成一團。

我想外祖父應該一點都不會擔心。悟叔的性格和外祖父的確大不相同，但重要的部分肯定一樣，這點我十分確信。

重新入神地看著擺在桌上的照片。照片中的悟叔依舊是我全然陌生的悟叔。發亮的眼睛，看起來像是在生氣，也像是很迷惘，同時也讓人感覺有些悲傷。

我在心中對照片裡的悟叔說，沒事的，接下來你會遇到許多溫暖的人們，你的眼神可以不必那麼悲傷了。雖然有腰痛和痔漏的毛病，但身為二手書店的老闆，生活中頗受到眾人的愛戴，所以你不需要擔心。

4

「思波爾」是距離森崎書店走路約三分鐘遠的咖啡廳。畢竟已經開了五十年，在這附近無人不曉。據說過去有很許多住在神保町一帶的文豪們也經常造訪。

店內只有嵌在石牆裡的燈光，顯得有些昏暗，但瀰漫著濃郁醇厚的咖啡香氣，讓人心情平靜。雖然客人很多，卻不會給人吵雜的感覺。反倒是店內刻意降低音量的鋼琴樂聲，夾雜客人們的說笑聲，傳進耳朵的感覺很舒服。自從三年前的夏夜，悟叔帶我來這裡之後，我就愛上了這家店的氣氛和咖啡，如今也成了常客之一。

「思波爾」的老闆是個年紀四十好幾，臉頰瘦削，長相很性格的中年男子。乍看之下有些嚇人，實際上很好相處、很容易交談。笑起來的時候，眼角會堆起溫和的皺紋。每次推開店門，站在吧臺內側沖泡咖啡的他，總是會先開口喊「歡迎光臨」。

就算今晚去推開店門，相信老闆會一如往昔、溫馨熱情地迎接我吧。

「嗨，貴子，歡迎光臨。」

「晚安，今天的生意也很好嘛。」

我一邊跟老闆寒暄一邊環視整個店內。客人比平常要多，幾乎快客滿了。

「託妳的福啦。對咖啡廳而言，接下來正是賺錢的旺季呀。」

老闆一邊擦拭玻璃杯一邊跟我聊天，並投給我一個狡獪的笑容。

「因為天氣一冷，就會不由自主想喝杯熱咖啡。」

「說得也是。」

其實不管是春天還是夏天，這家店的生意都很好，不過嚴寒季節喝到的美味咖啡則是另當別論。坐在這裡的客人們想必都有同樣的想法吧。

「今天約了人嗎？」

「對呀。」

「那好，妳慢慢坐吧。」

我微微一笑輕輕點頭。女服務生彷彿怕我久等似地立刻上前，引我前往剛空出來的靠窗坐位。

老實說這家店也常被用來當作我和男朋友和田先生約會的地點。由於他工作的地點離此不遠，所以很適合約在這裡見面。

如果和田先生較晚下班，我可以在這裡邊喝咖啡邊讀書打發時間。今晚也一樣從包包裡拿出愛讀的書翻閱，在喜歡的人出現之前，靜靜地度過心頭雀躍的時光。能夠像這樣，在自己喜歡的店裡邊讀書邊等候男朋友，感覺真是再奢侈不過的了。

大約讀了三十分鐘的書後，突然聽見敲窗子的聲音。和田先生就隔著窗玻璃站在外面，一旦和我的視線相對，便輕輕舉起手。看到我也舉手回應後，和田先生立刻往門口走去。

「讓妳久等了。」

大概是急著趕來吧，和田先生氣喘吁吁地坐在對面的椅子上。由於他工作的地方沒有穿制服的規定（負責編印學習教材的出版社），今天也是一身的便服。基本上和田先生的服裝風格固定，總是西裝外套搭配窄管的西褲或休閒褲。本人說是「因為挑選衣服很麻煩」，我倒覺得他這樣穿最合適。今天也是漂亮的黑色西裝外套搭配灰色長褲，完美得無懈可擊。

「不會呀，我也是剛到。」我闔上書本，微笑地回答。

「那就好。」

和田先生露出清新的笑容凝望著我。他一語不發地看著我，看得我渾身都要發癢了。好不容易才發覺他的視線並非看著我，而是盯著我手上的書本。

「原來是稻垣足穗的作品集。」和田先生發出輕微的感嘆聲。

「嗯……啊，是的……」

相隔一個禮拜沒見，碰面的第一句話居然是這個，我的心情有點難以接受，可是和田先生一點也不覺得哪裡不對勁。

「《一千零一秒物語》，很不錯吧？」

「嗯。」看到他這麼高興的樣子，我趕緊收拾好心情點頭回應。

「內容很適合在這種地方閱讀。故事又短又可愛，感覺跟咖啡館很搭。」

「沒錯沒錯。」和田先生略帶興奮地說：「像是〈把自己給落掉的故事〉、〈朋友變成月亮的故事〉等，光是篇名就讓人看著覺得很好笑。」

「的確很好笑，所以這本書我大概看了五遍。」

和田先生很愛看書，尤其對以前的日本小說很著迷，比起初出茅廬的我要熟悉許多。他也跟大多數愛書人一樣，似乎很在意別人在讀什麼書，對於我手上的書本總想一窺究竟。如果那是自己也喜歡的書，就會像現在這樣笑容滿面；若是討厭或沒讀過的書，則好像學童看到營養午餐出現不喜歡的菜色，而露出悲傷的表情。由於他的表情太過悲傷，反而會讓我覺得好像自己做了什麼對不起他的事，十分內疚。不過說真的，有時候我也會很期待看到他那種表情。看來今天我又「賓果」了，所以看不到悲傷的和田先生。

「這麼說來，我們第一次在這間店見面時，貴子好像也是在讀稻垣足穗吧？」

「是嗎？記得當時我的確是有在看書……」

「嗯，錯不了的。我對當時的情況印象很深刻。」

和田先生說得很肯定，反倒讓我覺得有些難為情，只好用笑聲企圖掩飾。

我和和田先生大約一年前的某個晚上，因為在這家咖啡廳偶遇、一起喝咖啡而認識變熟的。由於他本來就是森崎書店的客人，彼此都知道對方，但好好聊天說話則是第一次。如今回想，從那個時候起我開始對他有好感，之後也保持友好的關係。彼此協議正式進入交往階段是在初夏時分，所以男女朋友的身分不過才三個月之久。

我其實也很想直呼其名，叫他「阿朗」，但因為認識以來的習慣，還是稱呼他「和田先生」。

我們會發展成男女朋友，完全拜咖啡廳老闆的居中牽線所賜，也因此在他面前，我有些抬不起頭來。

和田先生非常認真有禮貌，是個很怕自己太過出風頭的人。例如在眾人聚會的場合，他會退居一旁，安靜地面帶微笑，聽其他人說話，偶爾發表尖銳的意見。和田先生就是這樣的人。不過他也有些怪僻，有時會突然露出頑固的一面，宣稱「今天我想吃炸花枝，從一早起就決定了，所以今天絕對不能用其他食物來填飽肚子」。真是令人讀不透！但對於他有些奇怪的部分，我也很喜歡。

我們彼此的休假日不同，加上和田先生的工作在月底很忙，必要時假日也得加班。所以我們多半只能像這樣，利用短暫的晚上時間約會。

兩人休假的步調不同，約會十分不方便。因為我們都是很認真的人，做起事來不可能馬馬虎虎，以至於見面的時間必然受到限制。我對這一點很不滿，但心裡也清楚，這是沒有辦法的事。

總之，今天是我們大約相隔一個禮拜才見面。就在我們一邊喝著咖啡，討論待會兒要去哪裡用餐時，難得看見高野從廚房裡探出頭來。

高野在「思波爾」負責廚房的工作。都怪他身材高䠷，說話聲音有氣無力，看起來像是不太可靠的男孩子。但聽說他將來有意自己開咖啡廳，目前正在這間店實習。

「高野，好久不見了。」

「妳好，貴子小姐。呃……還有和田先生也是。」

由於高野很怕生，跟認識不太久的和田先生相處得還不是很習慣。

「嗨，晚安，你是高野吧？」

和田先生露出親切的微笑回應，高野頓時也顯現安心的表情。和田先生擁有一種魅力，不論男女，總能讓對方迅速卸下心防。

儘管彼此都已寒暄過，但高野卻像鬣狗覬覦獅子吃剩的獵物似地在我們周圍徘徊不去。這實在讓我感覺很不好，便開口問：「怎麼了嗎？」

「啊，沒什麼……下次再說吧。」

高野吞吞吐吐地回答的同時，站在吧臺的老闆已略帶怒氣地催他，「喂，高野。」

一聽見呼喚，高野立刻慌張地回去廚房。

「搞什麼嘛！」

看著他搖搖晃晃迅速離去的背影，不禁側頭納悶。

「他的行動有點可疑喲。」和田先生也偏著頭發出疑問。

「不過高野的行動可疑今天也不是第一遭。」

「聽妳這麼說，我就放心了。」

我們彼此說完對高野不太禮貌的評語後，就離開了咖啡廳。

在打烊前的三省堂書店逛了一下，接著到和田先生喜歡的小吃店用餐後，我們又到街頭散步。明天兩人都有工作，尤其我還有早會，所以打算今晚的約會到此為此，讓和田先生送我到車站搭車。

和田先生的住處距離二手書街走路只要十五分鐘。我只造訪過幾次，第一次上門時的衝擊很大。

「房間很髒亂。」一路上和田先生就不斷發出忠告，結果真的很髒亂。

首先一踏進房間，就看到穿過的衣服、便利商店的便當盒等到處散落在地板上。數量很多的書本，因為塞不進書架裡，也隨意擺放在沙發和桌上。最糟糕的是廚房，水槽裡堆滿髒碗盤、平底鍋，簡直可用慘不忍睹形容。雖然還不到沒有下腳處的狀態，但也找不到地方可坐下。半開的壁櫥裡，塞滿了許多巨大的紙箱。取得許可後打開來看，紙箱裡裝的都是二手書。看起來好像也有些值錢的東西，但因數量太多，整理起來肯定會累死人。既然完全無從下手，不如請森崎書店過來整批買走會是最好的作法。

「真是不好意思，我本來想先打掃的……但因為這個禮拜工作很忙，撥不出時間。」

本來我在造訪前心情還很緊張，看到這光景不禁笑了出來。我一個人哈哈大笑了很長的時間，感覺以十分意外的形式看到他不為人知的一面。

「不過單身男子居住的房間本來都是這樣子嘛。」

聽到我這麼說，驚慌不已的和田先生這才稍微鬆了一口氣。也許因為是和田先生，我才會這麼驚訝吧？否則這種髒亂的情況其實很稀鬆平常。當然，我也會覺得女朋友第一次到家裡，至少也該稍微整理乾淨些吧……

「以前有女朋友的時候，也是這麼髒亂嗎？」我若無其事地問。

「現在回想，她經常會幫我打掃，因為她很愛乾淨……」和田先生苦笑地回答。

唉，我幹麼多此一問，立刻心生後悔。而且也討厭起如此追究過往的自己。

和田先生以前曾經帶那名女子到森崎書店多次。對方長得很漂亮，身材也很纖瘦高䠷。因為當時我和和田先生只是點頭之交，所以能夠用第三者的心情望著兩人的身影讚嘆：好一對俊男美女、十分般配的情侶！可是現在處境不同了，在我心中只想把那樣的光景連同舊書一起塞進壁櫥中的紙箱裡。無聊的嫉妒心點燃我的鬥志，我決定要將這房間打掃乾淨，不能輸給那個女人！就這樣丟下和田先生一人在旁無所事事，那天我變成魔鬼打掃機器人。

結果那天晚上便留在和田先生的房間過夜。

被和田先生緊緊抱在懷裡時，我才發現自己身體裡面有個類似核心的東西被觸動了。或許在過往的人生中，我頭一次有這樣的感覺。然而另一方面，又開始擔心跟如此平凡的我在一起，和田先生是否感到快樂呢？在這個街區，包含悟叔，我遇到了許多很有魅力的人們（即便是三爺也很有魅力），相反地也發覺自己原來是無知且無趣的人，所以才會分外覺得他們的不平凡吧。

我希望能跟和田先生長長久久，並且能共有更多的東西。可是我不知道和田先生是否也有同樣的心情。我不擅長談戀愛，而且又開竅得晚。正因為如此，我不禁擔心會不會跟前男友的關係一樣，又犯了一廂情願的天大錯誤，自以為我們有在交往。雖然我百分之百確信和田先生不是那種人，但問到他有多需要我？我也搞不清楚。

和田先生不是感情外露的人，所以有時我會很在意他心中到底在想些什麼。他對女朋友的要求是什麼？比起跟前女友交往的情況，他是否更喜歡我一些呢？畢竟我長得沒有他前女友漂亮……我總是自己一個人鑽牛角尖地想這些無聊的問題。

但是有一點我很清楚，我自認為能認清自己的心情，並用自己的話傳達給對方知道。對於這份情感以及和和田先生開始發展的關係，我是絕對無法接受含混其詞與曖昧不清的。

沒想到讀書的行為也對我產生了影響。因為接觸到書中描寫各種愛情的形式，我開始強烈認為必須好好看待自己的愛情才行。

「入夜之後，天氣變涼許多。」

「嗯。」

我們慢慢走在通往御茶水車站的緩坡上，雖然去神保町的車站要近得多，我們卻故意選擇繞遠路。開了許多樂器行、餐飲店的這一帶，跟早早打烊的舊書街不同，依然燈火通明，路上行人也多，車水馬龍好不熱鬧。

真想繼續待在一起，可是該回去了。我的腦海中不停重複這句話，不時斜眼偷瞄走在身旁的和田先生。感覺和田先生踩著輕快沒有滯礙的腳步行進，也不太發出腳步聲。和田先生是否也有這種念頭而心裡覺得有些難過呢？但是他的表情看起來跟平常沒什麼兩樣。

我們一路往前走，討論著睡前適合讀什麼書。沒想到和田先生說他睡前讀書反而會睡不著，一臉認真地回答，真要讀書的話就翻閱電話簿。我想了很久，最後提出高村光太郎的《智惠子抄》。

「不過話又說回來，睡覺時間不睡有點可惜，實際上睡前是不太看書的。」

「什麼嘛，結果我們都回答不出個所以然來。」和田先生笑說：「看來貴子很重視《智惠子抄》這本書吧。」

「嗯。因為我不知道還有什麼作品會像它一樣充滿了愛。」

「說得也是。即便後來智惠子有了精神障礙的問題，他的愛情卻越來越強烈，詩作不但呼應他的情感，更增添了一份美感。」

因為《智惠子抄》的部分內容被列入教科書中，所以我們都知道這本書。可是當我重新再讀《智惠子抄》時，竟獲得驚人的感動。從

相識到結婚、生病、最後死別……和智惠子一同走過的日子化成了充滿愛的喜悅、不安、悲傷和痛苦等詩句，光華璀璨令人不敢逼視。

我猜想《智惠子抄》對大部分的人而言，應該是一本無可取代的重要書籍。我也是其中一人，每次閱讀都滿懷感動，無法以言語來形容。我讓自己只有真正想要讀這本書時才翻開書頁，因為我很重視讀這本書時，還能莫名感動自己的心。每次閱讀我都會落淚，不管重讀幾次，不聽話的淚水肯定迷濛雙眼。光是想到這一點，就已經讓我又要眼眶泛紅了。

如果愛情能像那樣子表達自己的心思，不知道該有多好。

正當這麼想時，車站已出現在眼前。到了該分離的時間了。

「再見。」

彼此道別後各自離開，那是我人生至此感到最心酸的時刻。雖然想用其他的話來代替，卻找不到適合的字眼。

我站在剪票口前，回頭眺望和田先生漸行漸遠的背影。心想今晚就寢前不如讀點《智惠子抄》吧。

5

秋意越來越濃，冬日的腳步接近了。

吹來乾爽的風有些寒意，街頭路樹已開始染上些許顏色。不知不覺間太陽下山得早，夜晚也逐漸變長、變幽暗。

一年中，我最喜歡這個季節。在寒冬正式來臨前，這時期讓人惋惜季節的流逝，讓人很想停下來眺望著柔和的淡藍色天空。所以最近每天早上一邊抬頭仰望天空，一邊走向公司已成了我的日課。

我現在上班的地點是位在飯田橋的一家設計事務所。公司很小，主要業務是設計簡介、廣告傳單等文宣資料，包含一開始以兼職人員受雇起，至今已將近三個年頭了。

基本上因為工作模式屬於責任制，所以沒有固定的上下班時間和休假，只要守住最底限的工作規範，大家的行動其實都還滿自由的。以前的公司人際關係複雜，甚至還有派系存在，讓我很難適應；這裡規模雖小，也省卻了爾虞我詐的人性糾葛。收入固然相對減少很多，但可以按照個人的步調做事，我深深覺得現在的職場絕對適合自己。

因為不習慣晚上留下來加班，幾乎每天都是第一個到公司，好讓晚上可以早點下班。跟同事之間也會說說話，但絕不過度干涉他人隱私，也很少在工作場合以外的地方碰面。

以至於日前難得答應下班後跟同事們一起小酌時，有位同事才驚呼說，「妳這個人其實很爽快嘛。」問了原因後才知道，其他人對我的印象也是一樣，總覺得我這個人平常話不多，一入夜就立刻趕回家。我雖然有些意外，事後想想可能跟我找到心靈依靠有很大的關係吧。

以前的我幾乎每天都過著往返於職場與住處的生活。沒有什麼嗜好，也沒有特別喜愛的事物。雖然對於那樣的生活沒有不滿，卻略嫌少了些什麼。如今回想，過去那種心情似乎總是揮之不去，但現在不一樣了。當然我並不是說自己過得十全十美，我也不會有那麼愚蠢的想法，而是我幾乎不會再煩惱生活中到底缺少了什麼。

有想去的地方，有想見的人們，也有隨時歡迎原本的我前去造訪的地方。我想那比什麼都要美好。

總之我在工作方面可以用自己的步調應付得宜，而且工作的內容我很喜歡，職場的氣氛也不討厭，因此自信今後也能好好待下去。

不料最近突然浮現一件麻煩事，其實只是件芝麻綠豆般的小事，說給別人聽或許會被一笑置之，但對我而言卻很困擾。

一開始是在某天的午休時間，公司並沒有明確的午休時間和員工餐廳，所以大家的午餐都是各自找時間地點解決。我通常會到附近的咖啡廳用餐，雖然是午餐時段，咖啡廳卻很空，也不會遇到公司同事，我可以放鬆心情吃飯。

偏偏那一天竟在那裡遇到了公司的老鳥同事。他那個人說話尖酸刻薄，有種看不起人的態度，我從以前起就很怕跟這種人相處。因此當時我簡單打完招呼正準備找其他位子坐時，對方卻說「一起坐吧」。

我不得已只好跟他同坐一桌，果不其然，用餐的氣氛糟到了極點。固然要怪我沒有試圖努力投入交談，但也因為對方一個勁地不斷抱怨和自吹自擂，讓我不知道該如何反應才好。

「業主太過智障，真是傷腦筋。應該給我更大的案子，才能發揮我的實力。現在的業務內容我連一半的力量都不想出……」他一直都臭著臉抱怨這類的事情，我從頭到尾只能在一旁點頭附和。午休時間就這樣過去了。

照理說問題應該就此結束，頂多會因為遇到不知如何相處的人而自認當天是我的倒楣日。誰知道從那以後，他開始有事沒事都跑來找我聊天。在公司裡，當我坐在電腦前工作時，他會故意走過來攀談。如果我裝作沒看見繼續工作的話，他甚至會拍我的背，硬是要引起我的注意。當然他也會約我一起吃午飯，明明用餐氣氛那麼低迷，卻還是要找我說話，我真是無法理解他的心態。但也因為我的立場薄弱，無法每次都拒絕，之後還好幾次被迫跟他去那間咖啡廳吃飯。想當然耳，每次都痛苦至極。

搞什麼嘛？他這樣做的樂趣何在？是要惡整菜鳥嗎？我整個人已經快要被逼瘋了！

「妳放假的時候都做些什麼？」

第四次被迫一起共度午休時間時，他在抱怨和自吹自擂的空檔間嚼著三明治，突然如此問我。

「嗯……多半去逛二手書店……」

因為太過突然，雖然沒有必要據實以告，我卻很老實地回答了。

「什麼？幹麼去那種地方？妳是老頭子嗎？」

他自以為說了什麼有趣的笑話，自顧自地放聲大笑。我在心中咒罵，要怎麼度過我的假日，輪得到你說三道四嗎？但畢竟對方是公司老鳥，這種話我不能說出口。

「我看這樣子吧，下次休假要不要一起去兜風？」

又一次突然出擊，讓我不知如何招架。

「為什麼？」我還以為他是跟其他人說話，不由自主地回頭環視整個店內。

「哪有為什麼，反正閒著也是閒著，不是嗎？」

「不，我有事……」

「有事？」

「就是剛才說的，要去逛二手書店。」

「二手書店那種地方沒有必要經常去吧？」

「因為我喜歡所以才要去，難道不行嗎！」實在是氣不過，我不由得反駁。

他一臉困惑地抓抓頭，深深嘆了一口氣，彷彿像是在升學就業輔導室裡面對爛學生的高中老師一樣，他的嘆息聲中充滿著悲憐。

「我說啊，妳的人生快樂嗎？」

「什麼？」

「感覺妳這個人總是陰陽怪氣的。跟妳說話，也不怎麼搭理，一點聊天的樂趣都沒有。我可是出於好心才邀妳，妳卻跟我說要去逛二手書店……人生要是不夠積極，肯定要吃虧的。」

他說完這些話，一點也不給我回嘴的機會，丟下一句「真無聊」，轉身就離開咖啡廳。我一臉茫然地張著嘴，好一陣子待在原地動也不能動。

「哼，氣死我了！氣死我了！」

那天晚上我到桃子嬸嬸工作的小餐館，一邊啜飲著日本酒一邊劈哩啪啦地描述白天發生的事。

最近為了吃桃子嬸嬸做的菜，而常到這家餐館。老闆中園先生為人親切，很愛說話，就某種意義來說，跟桃子嬸嬸十分搭配。只是他可能記不住每一個客人的長相和名字，每次我去店裡，不是叫我「美佳子」就是喊我「優香子」。不管我怎麼更正，下次見面肯定還是叫錯，我已經完全放棄了。

雖然今天他叫我「照子」，跟我的本名天差地別，但氣得渾身顫抖的我哪裡管得了那麼多。

「拜託不要到人家工作的地方發酒瘋好嗎？」

套上和式圍裙、很有廚師架勢的桃子嬸嬸站在吧臺內側，一邊忙著做菜一邊像是應付醉鬼般地跟我說話。實際上我很少會喝到爛醉。

「因為人家真的快氣死了！當然，被那種人說那種話很生氣，但我最氣的是自己竟然無法回嘴。」

「好啦好啦，妳很生氣，我知道、我知道。」

一旦喝醉了，想到他那傲慢可惡的態度就讓我更加怒火攻心，而且也不知道是什麼因果關係，那個人也姓和田，這才是最讓我不能忍受的地方。

「也沒嚴重到跟因果報應有關係吧。和田本來就是常見的姓氏，何況那個人也不是自己喜歡姓和田的。」

桃子嬸嬸說出令我瞠目結舌的話。

「可是人家就是討厭嘛！只要一想起那個人，腦海不就會浮現和田先生嗎？」

「妳會想起那個人喲？」

看到桃子嬸嬸不懷好意地露出笑臉靠上前，我板起臉孔說：「才不是呢。我是說像現在提到的時候。」

「那麼麻煩，乾脆叫他和田二號不就好了？」

桃子嬸嬸居然隨隨便便幫對方取綽號。

「總之，那個和田二號有意約妳出去，妳卻沒發覺其中理由，是吧？」

「我當然有發覺，只是不懂事情為什麼會演變成那樣。」

「妳是說對方因為妳看起來希望有人約而開口約，結果卻被妳凶回去的情形？」

「那樣子很不合理，不是嗎？難不成在他眼中我是那種人嗎？」

「可是在和田二號眼中就是那麼一回事，所以他才會那麼做吧。」

桃子嬸嬸冷冷地說完後，對我聳了一下肩膀，意思是不要對她發脾氣。「不過話說回來，貴子有時候看起來是那樣子。」

「有些時候會那樣？」

「就是少根筋啊。」

「我哪有少根筋，人家根本什麼都沒做。」

「有時什麼都沒做就是少根筋的表現，而且反而會招惹來莫名其妙的麻煩。」

聽到桃子嬸嬸這麼一說，我心頭一驚，因為的確真有其事。

「這麼說來好像也是……我曾經因此而吃過一次大虧……」

「就是妳成天窩在舊書店的事件嗎？」

「什麼嘛？請不要隨便起奇怪的事件名稱好嗎？」

桃子嬸嬸放聲大笑。

「但我就是喜歡貴子有點傻氣、少根筋、做事缺乏要領，但人很好的特質。」

桃子嬸嬸微笑地看著我，柔細的短髮在日光燈照射下閃閃發亮。被人家這樣公開表示好感，一時間雖然很高興，但冷靜一想，她說我有點傻氣、少根筋、做事缺乏要領，似乎把我說得很慘嘛。

「我實在不知道妳是在褒我，還是貶我。」

「唉呀，基本上我這是在誇獎妳啦。」桃子嬸嬸又放聲大笑，「不過剛才說的那件事，就算和田二號那麼看妳，也不表示貴子就是那樣的人，不是嗎？只能說是和田二號戴著有色的眼鏡看妳。總之，貴子必須變得更敏感些，盡量避開那些會帶給妳麻煩的人，就沒事了。」

「話是那麼說沒錯，但對方可是公司裡的老鳥……」

「所以妳要散發出一種力量，讓對方盡量不要靠近妳。真的有那種力量，就算是感覺很遲鈍的傢伙也能感受得到。」

「嗯，偏偏我對那種事很不拿手。」

「所以我剛剛才會說貴子人很好啊。算了，我希望妳就像妳自己就好，只要保持現狀就好。」桃子嬸嬸說完後，隔著吧臺伸出手拍拍我的肩膀。

「這是什麼意思？」

「雖然這樣經常會吃虧，但這就是貴子的本性，所以也無所謂啦。」

「什麼？」

我實在聽不太懂，反正就是要我維持現狀的意思吧。

「不過也是有那種人，凡事以自我為中心。對那種傢伙來說，對方不見得是貴子，其他人也可以。」

這話聽起來很刺耳，以為對方選擇我是因為我過去有痛苦的經驗，其實只要是類似我這樣的人，任何人都可以。那就像是否定了自己的存在，感覺很悲哀，但很明顯的我也要負一部分的責任。

「俗話說，一樣米養百種人。那個和田二號不過是活在自己的世界裡，我可一點都不想讀二號當主角的故事。」

桃子嬸嬸像個頑皮的小孩一樣吐了一下舌頭。

「總之，人生苦短，何必理會那種人，妳只要在自己的故事裡挑選那個會選擇妳的人、一個視妳為無可取代的人就好了。我這樣解釋，妳聽懂了嗎？」

「我完全聽懂了。」

我真覺得自己完全聽懂了，感覺上那跟最近我對和田先生的想法，在某部分的含意是相通的。一個因為我就是我，而選擇我的人。和田先生（當然不是二號）對我是否也有同樣的想法呢？我覺得自己是非和田先生不可，不可能有誰可以取代他。

「是嗎，那妳要牢記在心。這可是身為人生前輩的我，給妳的建議。」

「是。」

雖然事情發展的方向有些可笑，但不愧是桃子嬸嬸，在這種場所知道該說些什麼話。我乖乖地接受了她的勸導。

從那天起又過了好幾天，這之間不是業主要求修改案子，就是有新案件進來，突然忙得天翻地覆。也許該感謝這種情況，讓我無暇顧慮到和田二號的存在。

就在工作忙到一個段落的某個夜晚，我筋疲力盡地走出辦公室時，腳步自然而然往「思波爾」移動。其實並沒有跟和田先生約在那裡見面，只是很想喝杯咖啡而已，簡直是中了咖啡的毒嘛！一個人往咖啡店的路上，我不禁覺得莞爾。

推開店門，立刻聽到熟悉的聲音——三爺也來了。才這麼一想，就看到他坐在吧臺前跟老闆聊天。

晚安，妳好。簡短打聲招呼後，坐在三爺旁邊的椅子上。因為肚子很餓，便點了綜合咖啡、茄汁義大利麵和沙拉。

「喂，高野，茄汁麵一份，動作快。」老闆對著廚房大喊，裡面傳來有氣無力的回應。

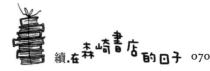

「對了，貴子，之前他在你們身邊徘徊了很久，該不會那蠢蛋又說了些什麼莫名其妙的話吧？」

老闆大概是想起之前高野奇怪的行動而開口問。

「沒有啦，沒事的。」

「要是妳覺得很煩，就用力敲他的頭，沒關係的。」

「不行，我怎麼敲得下去嘛。」我吃驚地回答。

真不知道被如此對待的高野在這家店裡的地位如何？

依然精神矍鑠的三爺，一看到我入坐，就靠上來說話。不管是他還是悟叔，這群充滿活力的歐吉桑真叫我驚嘆不已。

「怎麼好像很累的樣子？」看到我不太搭理的樣子，三爺露出興味索然的表情詢問。

「因為最近工作比較忙的關係，倒是三爺一向都生龍活虎的。」

三爺呵呵一笑。「看來妳得好好休個假才行。因為我精力充沛，所以沒有休假的必要。」

我反而覺得他這個人應該是整天都在休假吧，莫非是我的錯覺嗎？

「我有正常休假呀。」

「我想也是，因為老是看到妳泡在阿悟的店裡。應該說沒得休假的人是阿悟才對。明明桃子都已經回來了，卻還是跟以前沒什麼兩樣。照這樣子下去，小心老婆又要離家出走。我呢，為了討老婆歡心，常常帶她出門旅行或是吃飯。」

「要不然老婆一不高興，又要把你的書給丟掉吧？」

老闆在一旁使出這記殺手鐧，三爺立刻大怒說：「吵死了，你這糟老頭！」

「糟老頭是三爺你吧。」

「唉呀，說得也是，我已經是糟老頭了。」

三爺用力拍了一下自己的禿頭，露出傻笑。還以為老闆會擺著撲克臉繼續擦他的玻璃杯，沒想到竟傳來了竊笑聲。這兩人的關係真是奇妙，也不知道交情是好還是壞。

不過話又說回來，三爺的意見觸動了我從以前就在意的問題。

沒錯，悟叔也真是的。既然桃子嬸嬸肯回來跟他一起生活，他幹麼故態復萌成天忙著工作，就連公休日也還要開著那輛破箱型車出遠門採買。這麼一來，他們夫妻倆豈不是都沒有靜下來好好相處的時間嗎？他明明比任何人都擔心桃子嬸嬸的身子，實際上卻看不出有任何關愛的樣子。

「悟叔應該稍微休息，都已經有痔漏了。」

我慢慢啜飲著咖啡，同時想到那個無藥可救的悟叔，不禁嘆了一口氣。

「其實痔瘡這種東西，只要泡個溫泉、好好休養一下就會好的。乾脆貴子就聊表孝心，不如帶他們夫妻倆去一趟溫泉之旅吧？」

說得也是，這倒是個好主意。我一掃之前的疲憊，心情都雀躍起來了。

「不錯耶，這個建議我覺得很好。」

畢竟悟叔只關心書店，完全不會注意到其他事情，也不會有所行動。基於對他們平日照顧的感謝之情，我來送他們一趟小旅行應該還可以。之前桃子嬸嬸說過，兩人的結婚紀念日是在十一月，現在雖然有些早，也可以當成是我送他們的禮物。乾脆代替怕麻煩的悟叔，從住宿到訂車票都由我一手包辦吧。相信兩人聽到的話，應該也會很高興才對。

「應該不錯吧，當然桃子也是一樣，阿悟偶爾也該休息一下、喘口氣會比較好。別看他那一副不修邊幅的樣子，做起事情來絕對是認真到不行。」

老闆的這番話更讓我下定決心，而且腦海中還閃過一個更令人高興的念頭。沒錯，這樣做一定很棒！我開始覺得興奮得不得了。

「三爺難得也能說些像樣的話嘛。」

「喂，什麼叫作難得！」

「總之，謝謝您啦。」

我真心向三爺道謝，三爺也一反常態，難為情地轉過頭去。「夠了，少來這一套。」嘴裡還繼續唸唸有詞。看來平常嘴巴太壞了，不太習慣被人感謝吧。

「謝謝您，三爺。」我故意又說一次。

「好啦，不是說夠了嗎，不要再謝了。」

三爺果真是很難為情的樣子，不知咕噥著什麼，拿起咖啡杯就喝。我覺得這樣的他很好笑。

「妳這個傻大姐還真不錯，整天只知道笑。」

「可是好像有人卻覺得我的個性陰陽怪氣耶。」

「哼，那個人的眼睛肯定爛掉了。貴子怎麼會陰陽怪氣，只有在變成睡魔大王的時期例外，現在的妳只能算是個傻大姐。」

「也許吧。謝謝您，三爺。」

「不是叫妳不要再謝了嗎！聽得我渾身發癢，再要這麼謝下去的話，小心我不跟妳說話了。」

三爺一邊抓背一邊說，我看了更覺得好笑。

「看來貴子已經摸清楚三爺欺負人的方法了。來，茄汁義大利麵上菜，讓妳久等了。」

老闆將布滿番茄醬的茄汁義大利麵放在桌上，我專心一意地把麵條往嘴裡扒。就這樣，肚子一被填飽，工作的疲倦也一掃而空，對和田二號的憤怒也煙消雲散。

6

我跟悟叔吵架了。

長年來，我們頭一次吵得這麼凶，而且吵架的原因和內容非常微不足道。

起因是那件旅行的禮物。在「思波爾」想到後，我立刻回家上網搜尋了幾個看起來不錯的溫泉地，想請他們倆從中挑選想去的地方後，我再開始預約。

於是利用假日的午後，心情雀躍地前往森崎書店。誰知道悟叔只瞄了一眼我列印出來的旅館資料，表情立刻變得僵硬。

「問題是，怎麼會是平常日呢？」

「因為比起周末，這個時間旅館比較空嘛。偶爾悟叔也應該離開書店好好休息一下才對。」

「可是我總不能關起店來不做生意吧。」

我早就料到他會這麼說，胸有成竹地回答：「就知道你會這麼說。我可以幫忙看店啦。」

其實我會這麼提議，是有自己的小小私心。只要悟叔他們不在家，就需要有人看店。最近我常常偷偷想，就算是幾天也好，很想回到森崎書店生活的時光。當然只要拜託悟叔，他應該會讓我住在二樓的房間，可是意義就完全不一樣了。我只要短短的一個期間，可以從早到晚獨力管理這家店，晚上回到那懷念的房間裡生活。這樣的話，就不會在我沉浸於那樣的氣氛中，聽到悟叔大喊「我的次郎在哪裡」而被破壞殆盡。我以為計畫可以讓悟叔夫妻倆偷空休息一下，我也能達到自己的目的，簡直就是一石二鳥的良策嘛。

「可是貴子也要上班吧？」

「我可以排假，沒問題啦。」

「那就恭敬不如從命，貴子真是貼心！」

坐在一旁聽我們說話的桃子嬸嬸果然不出我所料，眼睛頓時亮了起來。

「喂，不要隨便擅自決定。」悟叔還在鬧彆扭。

「有什麼關係呢，偶爾一次。而且難得貴子有心幫我們安排，不是嗎？」

桃子嬸嬸還用手捏了一下悟叔的臉頰嗔說，幹麼這麼不講理。

「不行就是不行。」悟叔面紅耳赤地堅持己見，「萬一出了什麼狀況，豈不是很麻煩？」

「可是安排在公休日不也一樣不行嗎？」

「那當然，因為下個禮拜已經答應琦玉的吉村先生要去他家收購藏書。」

「所以平日去不就好了嗎？你們出門一、兩天，我一個人看店沒問題的，拜託你相信我一下好嗎？」

「絕對不行！」悟叔斷然拒絕。

「為什麼？」

「我看是沒用的啦。」桃子嬸嬸一副投降的樣子高舉著雙手說：「照這樣子下去，跟他說什麼都沒用的。」

我早做好心理準備，認為悟叔應該會稍微表示反對，卻沒想到竟然如此冥頑不化。雖說我是存有一點私心，但也真心想要表達對悟叔夫妻的謝意，希望他們能好好休息一下。我打從心底感到失望，不禁用怨恨的眼光看著悟叔。

「真的那麼討厭去旅行嗎？」

「我哪有討厭去，而是不行就是不行。」

「悟叔最討厭了！」

「拜託你們倆，又不是小孩子！」桃子嬸嬸一臉驚訝地插話說：「不然跟上次一樣，就只有我和貴子一起去好了。與其跟這傢伙一起去，跟貴子去還比較好玩。」

「那就毫無意義了。」

如此一來，我們真的就像是鬥氣的小孩子一樣。問題是我也有我的骨氣呀，我絕對要讓悟叔休假去旅行！我和悟叔就這樣我一句「去嘛」、他一句「不行」一直重複無聊的對話好一陣子。搞到最後原來的目的已全然模糊，變成了互不相讓的意氣之爭。大概全世界再也找不到比這個還要更無聊的爭執吧？

終於，氣急敗壞的我大叫一聲「那就算了」，奪門而出。

我完全沒有多想地隨手甩門，結果發出比想像中要大聲的關門聲，而嚇得往前彈跳，但我仍裝作沒事的樣子離去。

吵架後的第二天。

我和四天沒見面的和田先生約會，見面地點理所當然約在「思波爾」。

可是那天不知道為什麼，和田先生神情有異地出現在店裡，而且一坐上椅子便開口說：「我有些話要說……」

嚇得我當場有些狼狽。到底發生了什麼事？人家本來還以為今晚的時光可以過得平靜安穩，沒想到卻被將了一軍難以招架。

「什麼？」

聽到我緊張地反問，對方也神情緊張地回應：「可以換個地方再說嗎？」

這句話更加深了我的不安。

「你要說的事情，是好事還是壞事？」為了做好心理準備，我開口問。

「應該不能算是好事吧。」

怎麼辦？是我做錯什麼了嗎？頓時整個人陷入恐慌，連昨天跟悟叔發生的那場無聊爭吵也都拋在腦後。

「那……要去哪？」

「去哪好呢？我看還是留在這裡吧，反正這事也沒什大不了的。」

我完全搞不清楚到底是怎麼一回事！剛才明明一臉很緊張的樣子，現在卻又說沒什麼大不了。有一瞬間，我還以為是要跟我求婚呢。由於最近和田先生人在老家的母親經常打電話來逼問我「什麼時候才要結婚」，讓我意識到原來自己已經到了讓家人操心的年紀了。不過既然說是壞事，應該就是那種事吧？真是太過分了，人家明明還想跟和田先生繼續交往下去的，甚至還夢想今後也能長相廝守、永浴愛河。難不成他敏銳地察覺到我的心意，而感到壓力太大了嗎？

「妳不會笑我？」絲毫沒有注意到腦筋即將變得空白的我，和田先生一臉認真地問。

「沒聽到之前我也不知道，但我想我應該不會笑吧。」

或者應該說根本笑不出來吧。從喜歡的人口中聽到分手的提議而笑出來，有誰的神經會那麼大條呢？

和田先生表情不變地嚴肅點頭說，我知道了。然後說出我完全意想不到的話。

「是這樣子的，我打算寫小說。」

「寫小說？」

他說的話在我腦海中嗡嗡作響，一時之間我完全無法理解。寫小說？

「很奇怪嗎？」

「不會呀，並不奇怪，只是……這就是你要說的事嗎？」

「沒錯。」

我真想從椅子上跌下去。和田先生果真是難以捉摸的人。因為緊繃的心情一下子放鬆，我不禁哈哈大笑起來。

「妳笑了！」

和田先生似乎受到了刺激，我只好拚命解釋「這個笑不一樣」。結果和田先生很認真地反問，不一樣的笑？到底現在的笑算是哪一種呢？兩人完全雞同鴨講。

「因為你剛才說是壞事，害我緊張得要死……」

聽到我的低喃，和田先生一臉詫異地反駁，「我沒有說是壞事，只說應該不是好事。」

「那就代表是壞事……」

「是嗎？真是失禮了。不過我只是覺得並非什麼好事而已。」

「和田先生果然有點奇特耶。」

為了報復他害我緊張，我語帶諷刺地說。結果和田先生竟又盤起手臂納悶地說會嗎，並陷入沉思。照這樣子下去根本無法交談，我只好開口催促他。

「你打算寫小說嗎？」

「嗯。」和田先生好不容易才又繼續話題，「其實我從高中時代起，已經寫了將近十年。最近則是完全無法提筆……但是因為認識貴子和聚集在森崎書店的大家，受到了刺激，便很想以書店為舞臺寫篇小說。當然，我的目的不是為了想得獎，或是成為作家。而是發現自己居然還有以為早已銷聲匿跡的寫作衝動，如果就這樣棄之不顧，我覺得對自己應該也不是一件好事吧。」

和田先生說到這裡，有些不好意思地笑了。單純的我已忘記剛才發生的事，跟著感動起來。而且我很高興的是，和田先生願意把他的想法告訴我。個性那麼認真的和田先生，就算說聽了之後並不覺得有什麼大不了的，但本人肯定為了要不要跟我說而煩惱許久。可見得這件事對他有多麼的重要。

「我覺得很好呀，我也想幫忙。」

「真的？我太高興了。可以的話，我想採訪森崎書店。」

「嗯……」

「有什麼問題嗎？」

「我現在跟悟叔正在吵架中。」

「吵架？和老闆嗎？貴子也會生氣呀，我有點意外耶。」

和田先生似乎沒有發覺我剛才在對他生氣。不過問題還不只是那樣，因為和田先生是我男朋友的理由，悟叔不是很歡迎他。

以前我們剛開始交往時，有天我帶和田先生到店裡想介紹給悟叔認識。當時和田先生打完招呼後，悟叔就像是猿猴雕像一樣，整個人僵住了，甚至還使出對和田先生視若無睹的爛招。沒辦法，我只好趕快帶和田先生離開書店。

「該不會老闆討厭我吧？是不是在我沒注意到的情況下，曾經觸犯了二手書店的規矩呢？」和田先生說完，皺著眉頭納悶思考。

「沒有那種事啦！他平常就是那個樣子。」

我拚命掩飾，心中卻止不住對悟叔的熊熊怒火。

和田先生在回家路上不停咕噥說，印象中明明是很開朗的老闆，怎麼會變成那樣呢？

事後我一個人回書店，對悟叔的態度爆發怒火。悟叔直嚷嚷「那傢伙不適合當我們店裡的客人」，桃子嬸嬸則是在一旁猛搖頭。

「你只是不高興貴子被搶走了而已吧？」

「胡說八道！我只是覺得那種假道學的傢伙很不可信賴。就是那種傢伙，其實是人非人，沒事就會把女孩子給氣哭。」

「什麼人非人嘛……」我真是又氣又吃驚。

「我擔心貴子會不會又被欺負哭了，而且那傢伙幹麼叫我『森崎老闆』長、『森崎老闆』短的，肉麻兮兮地感覺很噁心。」

「實在受不了你耶，拜託你也該從貴子身上畢業了吧！和田先生明明就是個不錯的對象。身材瘦瘦高高的，長相也比你好看上千倍。」

「總之，從今以後不准那傢伙進店裡。」

「以前不是說得很好聽，什麼『這家店開放給任何人進來』，結果這家店居然還挑客人呀？」

聽到我的冷言冷語，悟叔一時之間無言以對。於是，便冒出遇到對自己不利時就會說的那句話，「人本來就是充滿矛盾的生物……」

總之我是真心想幫助和田先生的小說執筆。當我提出這個想法時，和田先生的神情十分高興。只要他高興，我也會高興。

「快點跟老闆和好吧。不過，這當然跟我寫小說沒有關係啦。」分開時，和田先生在出站的剪票口一邊揮手一邊說。

隔天我下班後特意繞到即將打烊的森崎書店，為了跟悟叔和好。既然和田先生都那麼說了，雖然我還有些生氣，卻也沒辦法。只要我的態度先軟化，問題就能解決。

而且當桃子嬸嬸聽到悟叔說不去旅行時，表情似乎真的很遺憾。所以為了桃子嬸嬸，我一定要讓悟叔答應去。因此我決定更改作戰計畫。

「悟叔……」

「幹麼？」

因為大門已經關了，我從側門進去輕聲呼喚，悟叔立刻發出充滿戒心的聲音回應。入夜之後，店裡的霉味似乎又更重了。

「討厭，幹麼那麼有戒心！」

我一邊苦笑一邊試圖討悟叔的歡心，於是開口問最近進了什麼好書。悟叔只要一提到書，有什麼不高興馬上就拋諸腦後，簡單得很。眼前他就完全忘了吵架的事，立刻回應我的話題。

「昨天剛好進了一批不錯的書。」

「是哦，有什麼書呢？」

「這可是就算現代人來讀，也會有很多感觸的名文呀！」

悟叔抽出谷崎潤一郎的《陰翳禮讚》給我。

「原來是散文。陰翳禮讚是什麼意思呢？」

「嗯……如果嚼碎了來說，就是日常生活中不要只看著亮光，也要注意陰暗處，裡面潛藏著某種的意識美，鼓勵讀者親身體驗日本的傳統美學吧。當然書中寫的道理更深，可能有點困難也說不定，既然有書，要不要讀看看？」

「謝謝，哪天我再慢慢看。」

「現在就看嘛！」

悟叔整個臉貼上來催促我。想來是要趁我讀的時候，藉機在一旁加以解說吧？我將身體側開好躲避悟叔的緊迫盯人。

「現在不要。我想另外找時間自己一個人安靜讀書，不受到任何人的打擾。」

「何必呢？如果妳現在讀的話，書店就開著不打烊。」

「就跟你說我要找個安靜的地方讀嘛。」

「有什麼地方會比這裡更安靜呢？」

他似乎做夢也沒想到自己就是破壞安靜的罪魁禍首。

「關於旅行的事……」

我將書放回書架時言歸正傳，悟叔一副「我就知道」的神情，表情立刻變得嚴肅，可是我也不想就此認輸。

「如果真的很勉強就算了。」我以違心之論當作開場白，然後低下了頭。

「平常都是我在依賴悟叔，很想找個機會表達自己的感謝之意。我絕對不是強人所難，只是嬸嬸也很期待，而且如果你們兩人可以好好放鬆一下，我會很高興的。」

我盡量融入豐沛的感情說出事先擬好的臺詞。

「我當然也希望悟叔能繼續開店，但如果不讓身體休息，絕對會撐不住的。只要一想到悟叔萬一過勞死，我的胸口就快撕裂了……」

說出這種話，自己都覺得怪難為情的。基本上他這個人是殺都殺不死的，用到「過勞死」一詞未免太過誇張。不過悟叔對這種話沒有抵抗力，果不其然，他已經眼眶泛紅地凝視著我。

「貴子，妳這孩子……」

「你能明白我的心意嗎，悟叔？」

悟叔感慨良深地不停點頭，「原來是這樣子。妳這麼的關心我……」

「所以說你答應去囉？」

我立刻把握機會追問，悟叔反射性地點頭說：「嗯，要去。」

「那你可要好好慰勞嬸嬸。下個禮拜可以嗎？我也得事先請假什麼的。」

「什麼？嗯……」

悟叔有點不太能接受的樣子，最後還是勉強答應了。作戰成功！

我們倆一起走出書店前往車站，由於悟叔一路上不停地咕噥著「妳一個人真的能看好店嗎？沒問題吧？」我只好挺起胸膛，用充滿自信的口吻要他交給我就對了。

這時節入夜之後，氣候已經開始變涼。我重新圍緊圍巾，一旁還在不停咕噥的悟叔吐出的氣息在黑夜中化成白色的煙霧浮現又散去。

7

早上一醒來便帶著裝有兩天換洗衣物的旅行箱前往森崎書店。因為悟叔他們是從家裡直接出門旅行，所以今天起我真的得從早到晚代替悟叔看守著書店。一想到這裡，心情自然就振奮不已。

也因為這樣，提前一個小時離家，剛好遇上了地鐵的通勤人潮。我們公司是十點上班，可以稍微避開顛峰時間，因此遇到這種混亂的情況，等於是我離開上一個公司後的頭一遭。畢竟太久沒有練習當時已十分嫻熟的擠電車技術，早就把技巧忘得一乾二淨的我被推來擠去，跟著人潮晃動，加上熱氣蒸騰，痛苦得至少在心中尖叫了不下三十次！

以前我每天跟著客滿的電車搖搖晃晃通勤時，也曾遇過不少怪咖。有莫名其妙自言自語的人，動不動就大聲罵人的人，明顯帶著惡意撞人的人；也常常有乘客因為色狼騷動而大打出手，搞得整車廂的人都不得安寧。一大早就被迫看到這些人生醜態，心情當然會不好。不過相隔多時，再度置身於這殺氣騰騰的車廂裡，我不禁認為難怪會有這種情形。如果每天都要被關在這麼悲慘的箱籠裡，肯定心都會變得扭曲吧。

好不容易忍受了地獄般的十五分鐘，在神保町下車，直接邁向書店。時間還不到九點，營業時間是十點，所以還早。沒辦法，我只好在開店之前仔細打掃店內的每個角落。

專心一意埋頭打掃，時間倒也過得很快，一下子就到了開店時間。

「好，準備幹活吧！」

給自己打完氣後，拉起鐵門，正是開始第一天的舊書店生意。

早上打開店門顧店，到了晚上將營業所得收進保險櫃裡，拉下鐵門。當然對於高價的書籍，我還沒本事估價，萬一有想要賣書的客人上門，我會說明情況，請對方先將書留下來。只是幫忙看兩、三天的店，我一個人也能順利完成。

抬頭看了一下馬路，其他店家也都在準備開店，此時不知從哪裡飄來桂花的香氣。因為眼睛正好和離書店最近、對面舊書店的老闆飯島先生對上了，我趕緊道早安、打招呼。

「咦，今天阿悟去哪了？」

「從今天起去旅行了。」

「是哦。」飯島先生瞪大眼睛驚呼。

「那可真是難得！我看老天要下雨了。」

「如果下雨，那就不好意思了。」

總之，我先跟對方致歉。

一如往常，上午幾乎沒有客人上門。不過這也是正常現象，我早就習慣了。只要一邊拿著撢子清除灰塵，一邊耐心等待客人就好。而且老實說，光是像這樣被書本包圍著，我就覺得很幸福，就算沒有半個客人來，我一樣樂在其中。

可是一早起悟叔已經打來三通電話，真是服了他！離開自己的店出遠門，看來的確讓他很擔心。問題是我也疲於應付他，只好適當敷衍幾句便掛斷電話。

時間過得很慢。到了下午，除了接待幾個陸陸續續進來的客人外，我還一邊清灰塵一邊整理堆在牆邊的書本，遇到有興趣的書就隨手翻閱。

既然機會難得，也抽出谷崎潤一郎的《陰翳禮讚》拜讀。那是他基於個人的體驗，對陰翳所作的深入考察，相對於日本城市的明亮度產生懷疑。充滿力道的文章，彷彿有人在耳邊朗誦一般，十分引人入勝，不知不覺進入書本之中。

不久，真的下起雨來。一開始是小雨，後來雨勢越來越大，一下子整條櫻花巷就都染成了黑色。

對於二手書店街，唯一的天敵就是下雨。除了書本會被打溼外，來店的客人也會跟著變少。連忙衝出去收拾花車時，其他店家也都趕著整理擺在店頭的商品。

開店前開玩笑說會下雨的飯島先生也忙著跟雨天搏鬥。

「真的下起雨了。」

「就是說呀。」

我們彼此一邊將花車拉進屋簷下，一邊苦笑地交談。

天空籠罩著濃厚的烏雲，雨勢又更大了。難道讓悟叔去旅行，真的是失策嗎？希望那裡不要下雨就好。

「唉，看來今天一整天應該會很閒。」我自言自語地走回店裡。

將門關上後，原本在外面聽到的激烈雨聲，音量頓時壓低，變成了輕柔的低語。雨水濡溼地面發出的氣味跟店裡的舊書味道混雜在一起。

之後果然沒有半個客人上門。我坐在櫃臺後面的老位置上，什麼都不做地閉起眼睛良久。好安靜！集中精神傾聽，可以微微聽見雨水打在窗戶的聲音，還有駛進雨水裡的隆隆車聲。就這樣，我可以感覺自己跟書店結為一體，有種不可思議的心情，彷彿自己的意識已跳脫自我的存在，往外開展。

不行，我不能這麼做。畢竟我負起了看店的責任，就算沒客人上門也不能偷懶。

可是像這樣被有長久歷史的書籍包圍著，時間流動的速度似乎也有所改變，可以清楚感受到自己確實身處其中。二手書店的生意，以動靜來說，很明顯屬於靜的工作。當然，任何工作都不可能用那麼簡單的二分法加以歸類，但所有的二手書店都給人靜的印象。我坐在店裡，有種跟自己的本性十分貼合的心情，感覺很想永遠像這樣坐著不走。

不知道悟叔是否也有過同樣的感受呢？不對，他的感受肯定比我還要深才對，這是悟叔從曾外祖父和外祖父手中接過來的書店。悟叔能夠充滿自傲地守著這家店，理由之一應該就是對守護著這家店的前人們表示敬意吧。

我看著煙雨濛濛的窗外，茫然地想著那些事情。

四點過後，雨勢變小了。

「嗨，打擾了。」

突然間同時有開門和人的聲音，因為太久沒有客人上門，聽到的同時我嚇得跳了起來。一旦發現來的人是三爺後，又跟悟叔一樣發出「嘿咻」的聲音重新坐好。

三爺大概是來打發時間，順便看看我的狀況。臉上已完全浮現出嘲笑的表情。我試著送上一杯熱茶，他做出拱手道謝的動作後，發出聲音的喝茶。

剛好我也因為太過安靜而感到有些害怕，所以內心頗歡迎三爺的出現。於是跟他閒話家常。

「今天怎麼樣啊？」三爺問話的語氣就像他平常跟悟叔說話一樣。

「完全沒生意。」

聽到我的回答，三爺照例發出竊笑聲。笑聲在店內迴盪。如果感受過剛才的寧靜，就會覺得很奇妙。原來只要充滿人聲，店裡的氣氛就會完全不同，我覺得這樣也不錯嘛。

「妳也真是好事。居然每個禮拜都來這家沒有客人上門的店。」

「三爺才真的好事吧。每天都會來這種店露面。」

「別這麼說，我會難為情的。」

「幹麼那麼謙虛呢？」

「還差妳一截呢。」

「沒有的事，我怎麼能跟三爺比。」

我們一邊悠閒地喝著茶，一邊態度認真地鬥嘴說笑。

三爺一本書也沒買就回去了，不久後太陽也跟著下山，雨也完全停了。牆上的時鐘準時地走著，回過神來已經七點，感覺好像很長、但一下子就過去的營業時間，是到了該打烊的時刻。我慢慢地起身開始準備關店。

就在這個時候，悟叔像是算準了時間打電話來。我告訴他已經順利關好店，並拜託他明天只要打一通電話就好。

「那我會看時間打個三通吧。」悟叔在電話那頭大叫。

什麼跟什麼嘛，他要看什麼時間呢……

二樓的房間比以前還要舒適。曾經住在這裡一段時間的桃子嬸嬸現在也搬回國立的家跟悟叔一起生活，所以這房間目前沒人使用。不過應該是桃子嬸嬸整理的吧？房間顯得很乾淨，書本也都排列整齊，突出的窗臺上裝飾著天竺葵、非洲菊。窗框上貼有便條紙，上面寫著怎麼幫植物澆水。看來要是我忘了，肯定非同小可。房間正中央擺著之前我用過的舊矮桌。

為了看一眼恐怖的景象，我稍微拉開和隔壁小房間相連的紙門。昏暗中，房間堆滿了藏書。安靜無聲的書本們浮現黑色的輪廓，令人感覺毛骨悚然。我輕輕地闔上紙門，當作剛才什麼都沒看到。

就在這時矮桌上的手機響了，嚇得我渾身顫抖。螢幕畫面上顯示是和田先生打來的，因為我有跟他說今天要看店，大概是打來關心的吧。

「一切都還好吧？」

「嗯，完全沒問題。和田先生的工作忙嗎？」

「現在正是最忙的時候，我人還在辦公室裡。」

「是哦，辛苦你了。看來沒什麼時間寫小說吧？」

「關於那部分我想慢慢來，所以不急。那我要回去工作了。」

「好，不要太操勞了。謝謝你這麼忙還打電話來。」

之後用完簡單的晚餐、沖過澡後，因為也沒什麼事好做，就躺進被窩裡，從書架中抽出一本書翻閱。但因為很睏無法集中精神，我又捨不得就這麼睡了，便茫然地凝望著天花板上一隻小蜘蛛緩緩爬行的足跡。

後來我乾脆起床打開窗戶，一股寒冷的秋風突然吹了進來，閃著銀色光輝的月亮掛在遠方的夜空中。遠遠可以聽到街頭的喧鬧聲，汽車沉重的行駛聲，路上行人的說話聲，突然間附近響起鐵門拉下的聲音，鐵門聲一停止，周遭便恢復寧靜。

「陰翳禮讚。」我不知道是否可以用在現在這種情況，但還是輕輕地念出聲。然後把房間的燈光關掉，坐在窗邊閉上眼睛。

以前也有過幾次像這樣度過漫漫長夜，當時從來沒想過時間會流逝得這麼快。那些日子已離我而去，去到遙遠的地方。人無法回到過去！一想到這點，一股既甜又酸的感覺就在胸口漫開。

不過我不想回到過去，因為現在的我比以前更加幸福。

在這之前的人生，雖然平實卻不見得平坦，有過煩惱和挫折，甚至覺得自己沉入黑暗的海底深處，一點也不想浮出水面。然而在這樣的靜夜無所事事地閉目靜坐，我很清楚地覺得自己很幸運，遇到了許多好人和好事。是的，我真的遇到了許多好人和好事。微微張開眼睛，看見柔和的月光從窗戶投射進來。置身在月光中，我感覺自己幸福滿盈。

就這樣，你猜怎麼了？許多孩提時代的往事，就像是緊閉的門突然開了似地，一一從記憶中復甦。

我從前是個煩惱很多的小孩，或者應該說從小到大，我總是有很多的煩惱。身為獨生女，習慣孤僻地陷入沉思。我猜是因為父母都有工作要忙，沒什麼時間陪我，我又不善於適當處理不安和悲傷的情緒吧。

那種沒人可訴說、找不到解決方法的問題和悲傷，就這樣越來越膨脹，使得晚上一躺進被窩裡，心情就會變成好像巨大的氣球快被擠破般地不安。當然小時候的煩惱，如今看來都是些雞毛蒜皮的小事，例如暑假結束前擔心課堂測驗啦。聽到櫻花樹下埋有屍體的謠言，便開始害怕家裡的那棵櫻花樹。被班上男同學取了「骨頭」的綽號（都怪我人長得又高又瘦）而陷入絕望的心情。

對於那樣的我來說，最大的樂趣就是每次放長假能回到外祖父家。那裡有悟叔在，他也很期待我的到來。對我而言，那是很大的避風港。悟叔的房間就像是我的堡壘一樣，只要到了那裡就能安心，再也不用害怕什麼了。

在悟叔的房間裡，他總是溫和地聽我說著雜亂無章的各種話題。我可以在裡面說上好幾個小時，一旦說膩了，悟叔會從唱片收藏中隨意抽出一張來播放，然後兩人一起大聲地跟著唱。因為實在太吵了，常常會惹得坐在親戚聚集的大客廳裡的外祖父氣急敗壞地衝進房間喝斥。我和悟叔雖然會裝出知道錯了的表情反省，等到只剩下我們倆時，立刻又互相對看偷偷笑著。在學校裡一向膽小的我，只有跟悟叔在一起時會變得大膽，彷彿自己已經不是原來的自己了。

覺得那種無法說出口的不安逐漸變得越來越少。儘管過去覺得自己的世界逐漸委靡，但只要跟悟叔在一起，眼前便豁然開朗。

如今回想，那個時候和悟叔相處的每段記憶就像是坐在樹下、身上有著從枝葉縫中撒落的陽光一樣溫馨甜蜜。

是懷念從前還是想回到過去？我自己也搞不清楚，眼底不禁泛起了些許的淚意。

我在只有充滿月亮光華的房間裡，小心翼翼地解開一個又一個沉睡在門扉後面的溫暖記憶，然後就這樣地睡著了。

8

隔天早上是個萬里無雲的秋晴，路邊水漥在耀眼的陽光下閃閃發亮。

「今天應該不會下雨了吧？」飯島先生站在對街上，以不確定的語氣問我。

「應該吧……」

「要是今天又下，下次只要一聽到阿悟要出門旅行，我絕對會全力制止的。」

也不知道是說真的還是開玩笑，飯島先生邊說邊忙著進行開店的準備。

還好他的擔心是多餘的，今天一整天都晴空萬里，店裡的生意比昨天好上許多。一大早開始就陸陸續續有客人上門，幾乎沒有中斷過。我還賣出了一本標價五千元的小林秀雄的書。

而且在中午前，很難得有兩個大學女生結伴而來。兩個女生都有著鄰家女孩的氣質，只是身穿花洋裝的女生脖子上掛著看起來不便宜的單眼相機。兩人悠閒地翻書，最後還請我幫忙推薦好書。考慮再三的結果，推薦了島崎藤村的《黎明前》，兩人很高興地買下。

「我可以拍張照嗎？」

離開前，帶相機的女孩很有禮貌地問我，說是學校的作業。當我答應「哦，可以呀，請便」，她的眼睛為之一亮，立刻在店內取景。

對方說「可以的話，也想拍一下大姐」，我只好不太情願地在櫃臺後面的位置上。可能是表情太過僵硬了，對方又怯生生地要求「就跟平常一樣就好」，問題是面對鏡頭怎麼可能表現得跟平常一樣呢？何況我平常沒事的時候，都是一臉呆滯地坐在這裡。要是那副德性被拍成照片，肯定會成為眾人的笑料。結果我隨便找個理由搪塞，直接躲進角落裡。

「其實以前我就覺得這間書店的氣氛不錯，很想拍下來。」

女孩一邊輕快地按下快門一邊跟我說，同行的女孩也在一旁微笑。感覺兩人都是很可愛乖巧的女孩。

「是嗎？」

「因為很有味道，有種很棒的氛圍。」

「聽妳這麼說，感覺倒也是。」我隨意地答腔。

的確，舊木造建築的書店不能說沒有味道，只是當初我第一次來這書店時的感想卻只有「破舊」二字。

「不過平常……好像都是……」

「有個奇怪的大叔在看店，讓妳們不太敢上前問話吧？」

聽到我笑著這麼說時，女孩連忙搖頭。

「不、不是的……其實也是啦。」

「我就說吧。」

無視於兩人的尷尬，我放聲大笑。

「還好今天有大姐在，非常謝謝妳。回去也會好好讀這本書的。」

兩個女孩拍完照後，很有禮貌地道過謝才離去。

包含女孩來拍照這件事，今天一整天都很忙碌，不知不覺已經晚上了。照例確認帳簿，把營收放進保險箱裡，簡單打掃一下便將店門關上。今天跟昨天的差別在於悟叔今天居然連一通電話也沒有打來！大概是對我已經完全放心了吧。我這麼說也許很沒原則，一旦沒接到電話反而有種若有所失的感覺。總之，完成所有打烊工作後，我出門去買晚餐要煮的菜。

晚上小朋要來找我。那時候我打電話告訴她，好不容易又可以回到店裡生活時，她說下班後一定會來坐坐。以前我借住在店裡時，小朋就來找過我很多次，她很喜歡這裡。

她大約九點才到，利用這段時間我打算仿效以前桃子嬸嬸住在這裡時的習慣，決定自己做晚飯。平常桃子嬸嬸會在這裡幫悟叔做午飯，所以米和調味料都很齊全。晚餐的菜色是雞肉燒羊栖菜、高湯油豆腐、鹽烤秋刀魚、豆皮蕪菁味噌湯和紫米飯。這是跟桃子嬸嬸學的純日式料理。由於用的是單口瓦斯爐，花的時間比預定要久。真是佩服桃子嬸嬸利用如此簡陋的設備，竟能每天晚上做出整桌好菜。

九點一到，樓下側門便傳來輕快的招呼聲，我趕緊下樓迎接小朋。

「咦，好像有什麼好香的味道？」

「我正在做飯，小朋應該還沒吃晚飯吧？想說兩人可以一起吃。」

「哇，真是不好意思。」

「幹麼不好意思，我也要吃晚飯啊。」

小朋以前在「思波爾」當過服務生，我們是在那裡認識，進而變成好朋友的。第一次看到她時，就直覺我們應該處得來。事後跟她提起我的直覺，沒想到她也有同樣的想法，真叫人高興。

說話的方式沉穩大方，皮膚白皙，頭髮烏黑柔亮，我想所謂的日本美女應該就是指像小朋這樣的人吧，而且還是日本文學研究所畢業的才女，目前任職於某大學圖書館。她今天身穿黑色典雅的洋裝，配戴著有千鳥圖案的銀質項鍊。我不禁讚嘆小朋真的很清楚自己適合穿什麼樣的衣服。

在小朋的幫忙下，做好的菜色一一端上矮桌。兩人一起用餐雖然太擠，但也只能將就一下。

「好久沒來這個房間了，果然還是會讓人感覺心情很平靜。」小朋跪坐在矮桌前，一邊環視著屋內一邊很感慨地說。

接著又看到放在窗邊、內田百間的《阿房列車》，那是我昨晚入睡時為了享受旅行氣氛而閱讀的書。小朋頓時眼睛一亮，高興地說：

「啊，那本書我也讀過了。」

《阿房列車》是昭和二〇年代所寫的遊記。作者漫無目的，也不是為了想看到什麼，純粹就是為了想旅行而出門。看著一個年過六十的男人如何很認真地實行天馬行空的想法，說穿了根本是無聊且毫無意義的臨機一動，但其實很有趣。行雲流水般的文字頗耐人尋味，越讀下去就越有旅行的況味，同時還能一窺當時的風土和生活。

「內田老師真的很棒！」小朋微笑地讚嘆。

從她口中自然說出內田老師的稱呼，可見她是真的很喜歡作者。

「嗯，很棒。還有跟班的喜馬拉雅山系君也是，這對搭檔真是可愛得不得了！」

「我也好想跟他們一起旅行。」

「該不會真得一起旅行，才發現不好相處，落得敗興而歸呢？」

「感覺上應該是個愉快的歐吉桑，很可愛，不是嗎？」

呵呵呵，小朋笑得很可愛。她的笑容自然流露出一種母性美，看得連我都有些心動。

小朋細嚼慢嚥地吃飯，但不知道為什麼我吃東西的速度總是很快，真應該好好跟她學習才對。還好晚飯滋味獲得小朋的好評。她的食量本來就小，加上最近工作忙，經常無暇吃飯，因此也好久沒能享用到日式菜色。看到她不停地微笑稱讚好吃，我自然也跟著笑開懷。

一邊用餐一邊天南地北聊天，聊彼此的工作、最近讀過的書。儘管平日經常通簡訊和電話，但仍比不上直接見面說話來得痛快。我們用完餐後仍圍著矮桌繼續聊個不停。

「感覺圖書館的工作很適合小朋。」

「那裡是大學圖書館，但我真正嚮往的是去國會圖書館服務。」

「我了解。國會圖書館收藏了所有過去出版過的書，對吧？」

「沒錯。可惜甄選考試，我沒考上。」

「那真是遺憾。」

「雖然現在工作的地方規模不大，但書庫裡有保管以前的貴重文獻，還是讓人很興奮。只不過對於大學生的年輕活力，有時候還真是應付不來。」

小朋說話的聲音溫潤柔軟，使用筷子的動作也很有氣質，盤子裡的秋刀魚只剩下一整串的魚刺和魚頭；相反地，我的杯盤狼藉則是完全上不了檯面。想來她應該是出身好人家的女孩吧。據說小朋的老家是當地最大的建設公司，換言之小朋是總經理千金，但她本人卻堅稱自己根本沒什麼。

「說什麼受不了年輕活力，妳跟他們的年紀不是沒差多少嗎？」

「可是我不像他們那麼有活力。」

「有沒有可能跟男學生發展出浪漫的戀情呢？」

有像小朋這樣的女孩子坐在圖書館的櫃臺裡，相信會有很多男學生爭相偷看吧，我擅自在腦海中勾勒出為小朋意亂情迷的男學生畫面。不料小朋的一句話就把我的幻想給攔腰斬斷。

「那是不可能的！倒是貴子怎麼樣呢？跟和田先生交往得還順利吧？」

「啊？哦……嗯。」

突然苗頭指了過來，我不禁緊張得說不出話。

同時彷彿算準了時間，我的手機也鈴聲大作。是和田先生發的簡訊，說是想過來書店一下，不知道方不方便？好像工作到一段落，正要離開出版社。

「和田先生說要過來這裡，可以嗎？」

「太好了，我也想見見他。」

雖然我常跟小朋提起和田先生，但兩人還沒見過面，加上這次機會難得，不如也約和田先生一起過來。只是這房間要坐三個人，實在太擠了。

小朋也來了，如果方便的話請過來。

我這樣回覆後，不到十分鐘便聽到窗外傳來「喂」的呼喚聲。

「歡迎光臨。」我對著爬上樓梯的和田先生說。

「晚安，初次見面。」身旁的小朋也微笑地打招呼。

「小朋小姐，久仰大名，請多多指教。」和田先生對著小朋鞠躬致意。

「小姐兩個字就免了吧。」我笑著說。

小朋受到和田先生認真的態度影響，也畢恭畢敬地回禮。

「哪裡的話，我才要請您多多指教。」

「和田先生，還沒吃晚飯吧？真是不好意思，晚飯被我們兩人給吃光了。早知道要來，就會連和田先生的份也一起準備的。」

「唉呀，不必客氣，我只待一下就走。」

不知怎地和田先生顯得有些慌亂的樣子，獨自一人很不自然地端坐在房間角落。我問他怎麼了，他因為頭一次來到二樓的房間，感覺有些興奮。

「然而沒有得到主人的允許，到處亂看似乎很不禮貌……」

看來他正拚命壓抑自己想要一窺房間堂奧的欲望。

「話雖如此，可是你人都已經在這裡了。」我驚訝地反問。

「唉，我實在敵不過好奇心來了，但絕對不能越過最後一道防線，絕對不能屈於煩惱做出失禮的行為，尤其我被森崎老闆討厭的比例很高。」

和田先生露出苦悶的表情，端坐的姿勢更是保持僵直，一動也不敢動。

「真的跟貴子說的一樣，是個有趣的人。」

「沒錯吧？」

看我拚命忍著笑點頭附和，和田先生更是不改與生俱來的認真本色，一臉正經地詢問：「我哪裡很有趣嗎？」

害得我們終於忍不住，當場噗哧大笑。

跟昨晚截然不同，好一個熱鬧的夜晚。

快到末班電車的時間，小朋必須回去了，因此和田先生也一起告辭。我想要呼吸一下外面的空氣，便決定陪他們兩人走一段路。

和小朋在地鐵的入口處分開後，我立刻詢問和田先生對見到她本人的感想。

「小朋人很不錯吧？」

「是呀。」

我有些緊張地看看和田先生見到小朋後會有什麼樣的反應，他的反應卻顯得十分淡定。在這種情況下固然覺得安心，另一方面又會對引以為傲的朋友長處似乎沒受到肯定而心有不甘，納悶他為什麼看不到小朋的魅力。

「不過她……」和田先生似乎猶豫著想說些什麼。

「她怎麼了？」

「不，也沒有什麼啦。只是覺得她明明人在這裡，卻又好像不在這裡一樣。」

「嗯？」

「該怎麼說呢？就像是已經習慣孤獨的人吧，又或者應該說是想要讓自己置身在孤獨中的人吧。」

「是嗎？我怎麼沒什麼感覺呢？」

因為太過意外，一時之間無法接受和田先生的說法。我一直以為小朋是個人見人愛的開朗女孩。

「也許應該說她很懂得保護自己吧。我沒辦法解釋清楚，可能是因為我自己也有那樣的特質，所以能敏感地感應到。當我們四目相交時，當下就會聞到彼此是同一種人的味道。不過因為是第一次見面，我太緊張的關係，所以不好意思，請把我剛才說的話都給忘了吧！」

聽到他這麼說，比起小朋的事，我反而更在意和田先生。他剛才說的話果然應證了我以前微微感受到的——和田先生似乎對我還沒有完全把心打開。我不禁有些難過。

「送我到這裡就行了。」

因為和田先生停在大馬路的信號燈前這麼說，我便半開玩笑地提出邀約，「乾脆晚上住下來吧？」

「不行，那裡是森崎老闆……」

「嗯，我了解。」

我趕緊打斷他的話。因為他的回答很合乎常理，所以我也沒什麼好失望的。但也因為太過合乎常理的回答，讓我覺得有些悲傷。

「再見。」

為了掩飾自己的心情，不等和田先生開口道別我便轉身離去，一路走回書店。

隔天一早起來心情很沉悶，茫然地坐在椅子上陷入沉思。自從認識和田先生以來，我的心中就分裂成自我肯定派和自我否定派，兩方經常吵個不停。今天從一早起，兩方又開始激烈的論戰。

對於自己老是為對方瑣碎的言語行動而有所反應，並試圖從中探知愛情的深度，就覺得自己真是小家子氣又愛自尋煩惱的傢伙。但另一方面又會自我辯解說，不就是以為愛上了對方才會這樣患得患失嗎？

於是肯定派的我會對否定派的我強調，我就是這麼喜歡他。否定派的我則立刻反駁肯定派，「包含這種事妳一向都覺得很麻煩，妳就是這種人」。否定派今天又占上風，肯定派今天又居劣勢。

「請問……」

突然有人跟我說話，我嚇了一跳，趕緊抬起頭來，只見高野像是躲在書櫃的縫隙間，偷偷地觀察著我。

「拜託，高野，你是什麼時候進來的？」

「剛剛才進來的。」

看了一下時鐘，已經快中午了，看來咖啡廳也正好午休。高野身上只穿著一件七分袖的T恤，上面的圖案像是畫壞了的米老鼠。為什麼這麼冷的天，他仍穿得如此單薄呢？大概他還保有一顆少年的心吧。

「來了就該打聲招呼啊！不對，應該說請不要靜悄悄地走進來。」

「對不起，可是基本上我有出聲，只是妳一臉很凝重的樣子，好像在想心事……」

高野一副搞不清楚自己為什麼被罵的樣子，抓了抓頭。我則因為遷怒他而感到很不好意思。

「有什麼事嗎？」

我清了一下喉嚨，重新調整好心情問他。

「聽我們老闆說，貴子從昨天起一個人幫忙看店。」

「嗯，就跟你現在看到的一樣。」

「所以我有些事想跟妳說。」

「不是已經問你有什麼事了嗎？」

因為高野老是溫溫吞吞的，搞得我心煩意亂。

「是有關相原朋子的事。」

「小朋？」

這是我的錯覺嗎？的確以前也有過一模一樣的場景。那時我一個人看店，高野走了進來，口中提到小朋的名字……

高野喜歡小朋，而且很猛烈。當時高野跑來拜託和小朋私交不錯的我，能否幫忙從中牽線。沒想到兩人因此感情有所進展時，小朋因為找到工作而辭去咖啡廳的工讀，結果兩人的戀情就停滯了。

「咦，什麼呀？」

我雙手拄著腮靠在櫃臺上，一副興味索然的語氣。老實說為了自己的感情問題都已經要煩死了，才沒心思理會高野。

「幹麼語氣那麼不耐煩嘛！」高野無精打采地說：「畢竟過著幸福美滿日子的貴子是無法了解我的心情。」

「是你自己跑來書店找我說話的，拜託請不要鬧彆扭好嗎？」

「我現在的心情能不鬧彆扭嗎？」

高野說完，還嘿嘿嘿地發出自嘲的笑聲。怎麼會有個性如此陰暗的青年呢？瞧他這麼激烈的鬧彆扭樣子，我多少也有些嚇到了。看來最好還是別跟他提起昨晚小朋來訪的事。

「總之，請妳聽我說一下嘛。」

高野說到這裡，先悲傷地嘆了一口氣，然後才開始以下的敘述。

從小朋辭去咖啡廳的工作後，兩人依然有簡訊往來（主要是談書的話題）。話雖如此，一開始簡訊都是由高野主動發的，為了不帶給對方困擾，高野總是間隔一段時間才傳一次簡訊。可是就在兩個月前，間隔多日後又再發簡訊時，別說是沒有回音，就連簡訊也傳不出去。後來他又試了幾次，簡訊都有問題，就是無法傳送到小朋那裡……

「那不就表示你被她列為拒絕接收的對象嗎？因為我的簡訊都有寄到……」

我不認為小朋會做那種事，但如果真有其事，不就表示高野做了什麼才讓她出此下策嗎？我當場試著寄出一封寫有「昨晚謝謝妳來」的簡訊給她，手機的畫面上清楚顯示已傳送給對方的訊息。

我將手機拿給高野看，高野緊盯著畫面，過了好久才發出仰天長嘯。

「為什麼？」

「高野，你有沒有做出跑到小朋家站崗、翻垃圾袋、裝竊聽器等行為？」

常聽到有人因為情意不被接受，而心生扭曲做出那些行為。但眼前的高野則是漲紅著臉全盤否定。

「為什麼我要做出那種犯罪行為呢？雖然老闆常罵我這個人很白目，但我絕不可能對她做出不好的事，像個偏執狂一樣。」

「說得也是，對不起。我也覺得小朋會那麼做很奇怪，我會找她確認清楚。再說高野你的膽子這麼小，怎麼可能做那種事。」

「就是說啊。」高野挺起胸膛大聲說。

就在這時，收到小朋傳回來的簡訊。看來剛好是午休時間，簡訊寫著「為了感謝昨晚的晚餐招待，下次請來我家玩」。我高興地立刻回信，「那就下個禮拜去吧」。只見一旁的高野以更絕望的眼神看著我。

「為什麼？為什麼？為什麼只跟貴子連絡？」語氣顯得很迫切。

這種事問我，我也不知道答案。不過一想到昨晚小朋的可愛，我不免同情起高野。如果自己是男生，搞不好也會跟高野一樣愛上她。一旦被列為拒絕往來戶，肯定從當天起我會倒臥在床一個禮拜起不來。昨天雖然只能思考自己和和田先生之間的關係，但現在聽到了高野的情況，不禁也在意起和田先生說過的話。

「那高野你現在想怎麼做？」

「我想找本書。」

「啊？」

因為高野回答得牛頭不對馬嘴，我當場發出錯愕的叫聲。為什麼要找書？這跟小朋的事有關係嗎？

「相原小姐有本想要的書。很久以前，有一天她在『思波爾』跟老闆提到一直很想擁有一本書，卻始終都找不到。我在一旁聽到了……」

「什麼書？」

「好像叫作《金色的夢》，作者是誰我忘了，應該是日文舊書。我猜是本小說吧。」

「所以找到書後，你要送給她嗎？」

「下個月十四號不是相原小姐的生日嗎？可以的話我想那麼做。不過我對書的事情不太熟，想說貴子應該知道吧。」

雖然這麼被高野看好，可惜我在店裡從來沒看過這名字的書。

「假設找到書之後送給她，高野希望小朋做出什麼樣的回應呢？」

「不，我什麼都不要求，我只是滿足自己罷了，一點也沒有希求她會因此回頭或是想討好她。如果她真的在躲避我，那就以貴子的名義送她也無所謂。」

高野說出令人敬佩的話。從他的語氣中，也能感受到他是真的喜歡小朋。小學音樂課學過的《Donna Donna》，歌詞中提到將被賣掉的小牛流露出「悲傷的眼神」，我相信指的大概就是高野現在的眼神吧。

「在相原小姐眼中，我大概只是個以前打工的同事。而我則是因為她的笑容，才一直硬撐沒有辭掉咖啡廳的工作。為了表示感謝之情，只要有任何方法可以讓她高興，我就很滿足了。」

「我懂。」

即便是我聽到這股痴心，怎能不鼎力相助呢？

「我會幫忙找書的。當作是我們兩人送的，應該就沒問題了吧？我也希望小朋收到書會很高興。」

「謝謝。」

高野這才稍微露出開心的表情。

晚上打烊前，悟叔他們特意過來看看。其實旅行回來直接回家就好，看來悟叔還是放心不下，堅持要繞過來吧。我趾高氣昂地跟悟叔報告，一點問題都沒有。大概是溫泉的效果吧，比起過去，桃子嬸嬸的皮膚充滿了光澤。她說「玩得很愉快」，還拿出溫泉饅頭給我當慰勞禮，可是悟叔卻板著臉孔站在一旁。

「這麼說來，這兩天你居然都沒打電話回來。」

聽到我這麼說，悟叔也只是嗯了一聲，整個人看起來無精打采。我丟給桃子嬸嬸一個擔心的目光，桃子嬸嬸說：「因為太久沒旅行，累了的關係。不過在當地玩得盡興，沒事啦。」

「那就好。」

我雖然覺得有些不太對勁，但也沒有繼續追問下去。既然兩個人都說玩得很愉快，其他就沒什麼好追究的了。

「那打烊的事就交給我來處理吧。」

因為我想有始有終以示負責，便請他們兩人先回家去。

明天起我又要開始上班，在森崎書店的短暫時光也即將結束。儘管很想繼續留在店裡生活，我還是用力拉上了鐵門，回到自己住處，回到往常的生活軌道。

9

到了下一個禮拜，冷空氣暫時退去，又恢復溫暖的日子，白天穿上外套甚至會覺得熱。

因為答應過高野，我開始尋找小朋想要的那本《金色的夢》。

既然是找舊書，我想問悟叔準沒錯，便先開口跟他請教。

不料悟叔居然回答從沒見過也沒聽過那本書，還以為只要是日本的舊書，悟叔肯定都知道，沒想到撲了個空。而且平常一旦發現有自己不知道的書，就會卯起勁比我還用心調查的他，這次卻顯得漠不關心的樣子。最近悟叔的樣子有些怪怪的（他從以前就是個怪人，但這時候我指的不是這個意思），看起來人好像很容易疲倦。可是當我關心地詢問「你還好吧」，他甚至會反問「什麼好不好」，似乎也沒什麼好擔心的。

沒辦法，我只好土法煉鋼利用下班時間到處去問二手書店。高野猜測應該是本小說，可是悟叔沒聽過那本書，所以也很有可能是其他類別，因此我連專賣繪本的二手書店也不放過。

從成千上萬的舊書堆中，要找出線索極少的一本書，感覺就像尋寶一樣，倒也充滿樂趣。老實說，我這麼做固然是為了高野，其實也是因為自己對那本書很好奇。到底小朋很想擁有的書，是本什麼樣的書呢？內容很有趣嗎？還是讀過之後，會改變個人的人生觀呢？大概是因為上個禮拜因為和田先生的事搞得頭昏腦脹，所以更想找到那本書展讀一番吧？

搜索的工作比預期困難許多，跑了許多書店，別說是找到書，就連知道那本書的人也不存在。我還問了和田先生，他也說不知道。看來小朋想要的書，應該很難入手。問題是一旦知道這書越難找，就越引起我的興趣。

於是我跟悟叔拜託，請他帶我去參加舊書會館舉辦的二手書拍賣會。

拍賣會是開二手書店的人可一次購得大批舊書的最大機會，或者應該說沒有定期參加拍賣會，二手書店的生意是不可能做得下去的。因此在舊書會館舉辦的二手書拍賣會，所有神保町二手書店老闆都會齊聚一堂，在這種地方最容易取得資訊，用不著親自跑遍每家店也能找到稀有書。

問題是我很不習慣出席這種場合，明明可以見到許多認識的臉孔，氣氛很和諧，現場卻彌漫著嚴肅的空氣，讓人不得不緊張。

總之，當拍賣會正式開始後，就沒有我用武之地。我只能利用一開始確認拍賣商品內容的自由時間，緊跟著悟叔進行調查。這時的悟叔已集中精神忙著挑選目標、作筆記，我不能打擾他，只好閉緊嘴巴一本又一本的確認書名。可惜沒有發現我要找的書，問了其他認識的二手書店老闆也都得到「不知道」的回答。

「嗯……」我一個人偷偷走出會場，站在走廊上沉吟。

如果在這條舊書街也找不到的話，到底上哪裡才找得到呢？當然也有可能是我找得不夠周全，但是高野也很努力地跑遍大小書店，甚至還上網搜尋，偏偏就是毫無斬獲。

最後我和高野在「思波爾」討論的結果，認為只剩下二手書祭的時候可以放手一搏了。

十月底到十一月初所舉辦的二手書祭，是神保町一年一度的最大盛事。

平常時間總是緩緩流動的二手書街，到了這一個禮拜完全變樣。整條馬路上排滿了裝有舊書的花車和書架，還有賣炒麵、糖漬杏桃等小吃的攤販。許多人會來逛街，當然他們都是來買書的。一到這個季節，我也跟著興奮了起來。知道有這麼多的愛書人，心裡很高興，也不禁自我感覺良好地認為，雖然乍看只有部分人們視神保町為必要，但其實是受到許多人的喜愛。

森崎書店每年也都會參加，但因為是小書店，無法跟馬路邊的大書店一樣。只能在狹小的書店前擺出花車、在店內設置特價區等共襄盛舉。今年有桃子嬸嬸負責準備事宜，幾乎沒有我插手幫忙的餘地。至於一向喜歡祭典的悟叔，每年一到這個期間更像是失心瘋一樣忙東忙西，連自家生意都管不了，這次卻又大言不慚地宣稱，「要好好做生意，一切包在我身上」。

因為工作的關係，我只能參加一天，不過那天我一早就來書店幫忙。蓋有會場帳棚的大馬路上傳來熱鬧的音樂聲，連書店裡都聽得到，另一方面來自路邊攤的香甜醬汁味和烤肉香也隨風飄散過來。

我們三人坐在店門口吃著悟叔到路邊攤買來的什錦煎餅和德國香腸當午餐。「這個很好吃嘛。」狼吞虎嚥的悟叔讚不絕口。

坐在一旁的桃子嬸嬸潑冷水說：「這種東西是吃氣氛的，味道根本不怎麼樣。」

太陽下山後，我和下了班的高野仍到處探求那本《金色的夢》。快步穿梭在人群中，一間又一間地尋訪二手書店，走在身旁的高野落寞地低喃，「三年前，相原小姐也有跟我們一起逛呢。」

當時小朋也和我們一起逛二手書祭，沒想到現在卻拒絕接收高野的簡訊……搞不好三年前的那一天對高野而言，正是所謂「金色的夢」。

因為在有限的時間實在無法走遍數量龐大的所有店家，途中我們決定分頭進行，並約好一個小時後在森崎書店會合。結果我這部分沒有收穫，高野那邊從他一回到書店時的表情，也能猜出成果如何。

就這樣祭典也接近了尾聲，晚餐我和高野、悟叔夫婦決定一起去吃咖哩飯。

「怎麼？還是沒找到嗎？那也是沒辦法的事。」顧不得沒有食慾的高野，拚命大口吃著牛肉咖哩的桃子嬸嬸說。

「那本書連我都沒聽說過，沒能幫上忙真是不好意思呀，高野。」悟叔同情地安慰高野。他照例點了味道偏甜的咖哩。

「千萬別那麼說。」

儘管高野用力搖頭，但很明顯一副垂頭喪氣的樣子。

我也覺得筋疲力盡，不禁開始懷疑這麼拚命找，能有什麼好處？與其繞遠路，不如直接去問小朋還比較快些，更何況也不確定小朋是否真的在找那本書。但即便知道徒勞無功，高野還是會盡他最大的努力吧！就是因為知道他的用心，我才決定什麼都不要多說。

「找不到也是沒辦法的事。只要知道高野這麼用心地找，相信小朋友也會很高興的。」
「就是說嘛。過程比結果還要重要。」
「是這樣子嗎？」
「基本上想靠一本書贏得女生的芳心，你的想法也太過天真了。」
聽到桃子嬸嬸那麼說，高野整個身體從桌子那頭探出來，極力反駁說：「我沒有那個意思！我完全都沒有想過要贏得她的芳心。」
「哎喲，是真的嗎？」
「沒錯。」我趕緊出面護著高野說：「高野連發個簡訊都被拒絕接收了，他怎麼會有那種非分之想呢。」
「什麼！原來人家那麼討厭你呀？那可真是悲慘喲。」
桃子嬸嬸仰天驚呼，嘴裡說出等於是宣判高野死刑的絕望言詞。
在一旁的悟叔趕緊制止說：「妳怎麼這樣子說話。」
「貴子……」
因為高野用怨恨的眼光看著我，我連忙用雙手遮住嘴巴。

「對不起啦，一時說溜嘴。」

但已經太遲了，當初他的確有拜託我不能說出被拒收簡訊的事。

「這孩子口風一向很鬆，你可要小心點。」

「不，貴子不論是嘴巴還是錢包都管得很緊啦。」

「總之這件事牽累到貴子一起幫忙，真的很不好意思。」

無視於悟叔夫婦在一旁閒言閒語，高野對著我鞠躬致歉。

「不要這麼說。我自己也喜歡逛二手書店，這段期間逛得很盡興哩。」

「那就好，真的很不好意思。」

「不是叫你別這麼說了嗎？不然這樣子吧，如果小朋答應的話，就辦個慶生會吧，我去跟她說看看。」

我如此安慰他。明明自己也很痛苦失落，溫柔的高野卻依然顧慮著我們的處境。高野就是這樣的人，才會受到周遭朋友的喜愛。小朋如果能多接受他一點就好了，我在心中暗自揣想。

那個星期天，我去拜訪小朋位在根津的住處。那是我第一次去。由於她固定週末休假，我決定下班後去找她。那棟兩層樓的女子公寓距離車站不到五分鐘路程，小朋住在二樓的邊間。

我手上捧著在車站口買的蛋糕，按下門鈴後，小朋立刻前來應門，春風滿面地迎接我走進屋內。

小朋的房間跟我想像中的樣子相差不遠。簡單乾淨，也很漂亮，包含窗簾、家具和床單等都統一使用暖色調，感覺就像是很有品味的女生房間，硬要雞蛋裡挑骨頭的話，那就是書架顯得太過巨大了……

高度直達天花板的書架，不禁讓人想問是否是跟業者訂製的？當然裡面擺滿了書本，毫無空隙，數量多到可以開間二手書店了。我常常到朋友家拜訪時，總是會對書架裡有哪些書感到好奇。在小朋沖泡好紅茶端出來之前，仔細觀察一下那個巨大書架裡的藏書，大部分是日本以前的小說，其中也有波特萊爾（Baudelaire）、羅登巴赫（Rodenbach）等國外作家的作品。還有《地海傳說》、《魔戒三部曲》等系列的奇幻小說（一眼看過去，並沒有我和高野正在尋找的那本書）。

「這要是搬家的話，應該很辛苦吧……」我抬頭望著書架說。

「就是說啊。」小朋一副心有戚戚焉的表情回答，「光是這些書就有十個紙箱那麼多，我已經很節制不要買書了。貴子平常整理書或搬家時，會怎麼做呢？」

「嗯……我的書沒有這麼多，不過我沒有帶走不可的習慣，應該會整批一起賣掉吧。」

「我想也是。」小朋沮喪地說：「我應該多賣掉一些書，可是一旦喜歡了，就捨不得放手。」

喝完茶，一邊吃著小朋精心烹調、美味可口的東南亞菜色，我一邊提到她二十六歲生日即將到來，並約她到時一起吃飯慶祝。沒想到她那天居然沒有特別的安排，於是自然而然就定下當天晚上的約會。

順著話題我又問：「那可不可以也約高野一起來呢？」

小朋一聽到那名字，原本要夾越式生春捲的手頓時停在半空中，同時露出痛苦的表情看著我。

「要約高野嗎？不好嗎？」

「也不是不好啦……」

小朋含糊其辭，態度模稜兩可。從她的語氣可以感覺到如果繼續追問下去，她會很困擾，或許有什麼嚴重的內情吧……不過為了高野，至少也得確認他是否犯了什麼錯。我很快地把從高野那裡聽來的情況說給小朋聽，並追問兩人之間出了什麼問題。

「因為……」小朋囁嚅地回答：「我都已經不在那裡打工了，還以為彼此應該不再連絡了。」

小朋會因為這麼消極的理由就拒絕接收對方的簡訊嗎？明明高野和小朋以前的感情還算不錯，看在我眼裡也覺得長此以往發展成為情侶也不足為奇。除非是高野犯了無可挽回的過錯，否則完全解釋不過。

「該不會是他做了什麼讓妳不高興的事？」

「怎麼會？」小朋驚訝地抬起頭，堅決否認。

我聽了也安心不少。不知從何時起，我變得好像高野的母親一樣為他擔心。

「絕對沒有那種事。高野真的是一個很純真的人，我很敬重他。所以錯不在他，都是我不好。」

小朋說到這裡，嘴脣抿成一條直線，低下了頭。看到她眼中泛出淚水，我也嚇呆了。

「不對，小朋，這件事並非妳的錯。因為無法接受高野的心意，絕對不能怪在小朋的頭上。」

我發現自己說了不該說的話。畢竟高野從來也沒告白過他喜歡小朋的事實。

「對不起……」

「沒關係，我早就知道他對我有好感。以前我們三個人一起逛二手書祭時，我就多少感覺到應該有那麼一回事了。我明明知道卻假裝沒發現，心想反正高野什麼都沒說，那就假裝不知道繼續當朋友好了。」

「可是那樣也沒有什麼不對呀……」

「不，是我的不對。當異性對自己有好感，突然間卻害怕起來無法接受對方的心意。害怕自己一旦接受了，會變得不再是自己。我也覺得自己不太對勁，但就是沒辦法呀。」

小朋完全沒有動桌上的菜，低著頭沉默不語，一雙大眼睛飽含著淚水，眼看就要滴落下來。沒想到我會把她逼到這種情況，看著都覺得心疼。陷入沉默的房間裡，只有天花板上的日光燈微微發出嘶嘶作響的聲音。

正當我還在猶豫要不要繼續問下去時，小朋似乎已經察覺到，便開口說：「可不可以再聽我說一下？我不知道自己能不能夠說清楚，但是我想說出來……」

「那我來泡茶喝吧？」擔心她心情更低落，我故意開朗地提議，「喝些溫熱的東西，心情會舒坦些。」

「啊，我來……」

看到我要起身，小朋趕緊制止並走向廚房，把剛才用過的茶具清洗乾淨後，重新沖泡紅茶端出來。

「謝謝。」從小朋手上接過茶杯，慢慢地啜了一口。

「高野沒有錯，都是我不好。」

小朋心情平靜許多，重複了剛才說過的話。

「我以前有跟貴子提過自己為什麼會喜歡讀這些書的理由。」

「我記得是受到令姊的影響……」

「沒錯，我有個大我五歲的姊姊。除了讀書外，小時候的我幾乎任何事情都會模仿姊姊做。姊姊跟我不一樣，從小就長得漂亮，做什麼事都很厲害。雖然脾氣有點不好，對我卻很溫柔……」

小朋似乎正在從腦海中搜索記憶，閉上眼睛沉思了一會，才又繼續說下去。

「姊姊有個從高中時期就交往的對象，他跟姊姊剛好相反，個性沉默寡言。事實上，姊姊是在那個人的影響下開始讀書。而我照理說沒有必要連這種地方也受到影響，卻也跟姊姊一樣喜歡上那個人。那是我的初戀，但還是小學生的我不知道那是初戀，只覺得對方經常陪我玩，上中學後我才有所自覺。姊姊他們在任何人眼中都是很相配的一對，長期以來我完全都不敢表現出一絲的情愫。只要偶爾自己也身處於他們的小圈圈之中，就覺得很滿足了。」

小朋說到這裡喝了一口茶，偷偷地瞄了我一眼想知道我的反應，看到我默默地點頭表示「我有在聽」，她露出悲傷的表情微微一笑。

「那年我剛過十七歲生日，姊姊因車禍過世……那是她大學通學時常搭的公車，被打瞌睡的對向來車給正面撞上。」

小朋緊咬著嘴唇，將眼睛閉起來好一會兒，像是在為姊姊的過世哀悼。我想要開口安慰她，她卻搖搖頭阻止了我。

「姊姊的過世讓我十分難過，那真是撕心裂肺般的痛。過了一段時間，我發覺自己的心產生了其他的感情。我心想既然發生這樣的事，那個人是否會轉而喜歡上我？我開始有了期待，但那是多麼醜惡、多麼骯髒的感情。」

「怎麼會……小朋……」

小朋低著頭，眼光始終看著地上的某一點，彷彿在凝視著漆黑無邊的海水一樣。任憑我想破了頭，也找不到話語可以讓她的視線變得柔和。

「我無法原諒有那種想法的自己，不管誰說什麼都一樣。我最喜歡的姊姊過世了，那是多麼的令人悲傷，而我卻……」

小朋說到這裡突然抬起了頭。

「對不起，我說的話太過晦暗了。」她充滿歉意地說。

我不停地搖頭。

「那妳姊姊的男朋友呢？」

「自從姊姊的葬禮以來，我們就沒見過面。其實我們兩家的交情一向很好，直到現在他還是會常常來看我父母。就算有了新的女朋友，聽說也一直想要跟我見面。可是我想這一生我都不會再跟他見面了，因為我不想回憶起當時自己心中的感情，而且不管是誰也都一樣。」

「所以當高野對妳表示好感時……」

「是的，我會害怕得想逃跑，會想要大叫不要愛上我！我是不值得任何人喜愛的人。所以我盡可能不成為別人的戀愛對象，自己一個人堅強地活著。可是高野總是對我很親切，又那麼單純，讓我不禁有點卸下心防，結果卻讓他那麼難過……我真是個糟糕透頂的人，下次我一定要跟他道歉才行。」

「可是小朋，妳難道不覺得悲傷嗎？」

「悲傷的時候我就讀書，哪怕讀好幾個小時也無所謂。只要讀書，波瀾浮動的心就會恢復平靜，只要沉浸在書本的世界裡，就不會有人會受到傷害……」

小朋說完露出笑容，但她的笑容比我之前看過的任何表情都顯得更加悲傷。不對，也許過去我總堅決認定她是個開朗活潑的好女孩，而故意對她藏在背後的表情視而不見。

但現在就算知道了，我能找到什麼話語好讓她凍結的心開始融化嗎？面對露出笑容說「謝謝妳聽我說話，我的心情舒坦多了」的她，現在的我一句話也說不出來。只是想到因為那樣的理由而讀書的她，不禁感覺心酸，胸口深處隱隱泛起揪心之痛。

拜訪小朋住處兩天後，在那個下著小雨的晚上。

我到森崎書店探個頭便離去，因為沒有跟和田先生約會，就繞去第二喜歡的咖啡廳「吉作」。小朋告訴我的那些話，至今仍在心中迴盪不已，總覺得心情很苦悶，不想立刻回家。

就這樣茫然呆坐了一個小時，準備回家而撐起傘踏上通往神保町車站的大馬路時，視線很自然地落在前方不遠處的男人身影上。

穿著熟悉西裝外套的背影。沒錯，那是和田先生。大概剛下班正在回家的路上吧。

我加快腳步想要叫住他時，只見和田先生停在號誌燈前的藥局門口，彷彿事先約好了一樣，一名女子衝過去站在他面前。

我只是從紅色雨傘下稍微瞄了一眼，立刻就知道對方是誰。錯不了的，她是和田先生以前交往的女朋友，不論是身上穿的衣服，還是整體給人的感覺，都跟我以前在森崎書店看到的沒有兩樣。

兩人交談了一下子，然後和田先生對著她猛點頭。我當場躲進小吃店的招牌後面，自己也搞不清楚為什麼要這樣躲起來。總之，等回過神時，自己已經那麼做了。而且就在這個時候，兩人並肩走在一起。

我這是在幹什麼？儘管心裡這麼想，仍跟他們保持距離跟在後面走。我心想這應該算是跟蹤吧？沒錯，這就是跟蹤，不然還能叫做什麼！下著小雨的靖國路上充斥著許多撐著雨傘踏上歸途的男男女女，所以和田先生他們並沒有注意到尾隨在後的我。兩人一直沿著馬路走，突然間停下腳步，很自然地走進了眼前的羅多倫咖啡店。

我在店門口徘徊了好一陣子，以為他們應該很快就會出來。急著回家的上班族們似乎嫌在店門口徘徊的我擋了他們的去路，都用很不耐煩的眼神看著我。

大約過了十分鐘吧，我的腦筋好像變得比較平靜，同時又好像變得更加混亂。抬頭看了一下周遭，雨勢變小了，路上行人都收起了傘走路。

我失魂落魄地發出不知道是「哦」還是「啊」的聲音，也將傘闔起來，腳步蹣跚地繼續往車站走去。

10

看來那晚發生的事對我造成的衝擊似乎比想像要大。

總覺得每天都心神不寧，晚上睡不著，也讀不下書。在公司裡甚至還犯下交給業主的資料有重大錯誤，那是前所未有的失態，也因此被和田二號給狠狠凶了一頓。整件事百分之百都是我的責任。

簡單來說，自從那天晚上起，我整個人就不對勁起來，做什麼事都心不在焉。而且到了晚上，一個人躺在房間被窩裡，就會開始不停地胡思亂想。

男女朋友的定義是什麼？望著天花板，茫然地想著這個問題。我們一起去看電影、一起吃過飯，也睡在一個房間過。可是如果不能進入那個人的心中，就不能算是在一起過吧？我對和田先生而言，究竟是什麼樣的存在呢？比方說，我是否有權利去質問他那晚的事呢？不對，光是考慮到權利本身，我就覺得自己在某些方面矮了一截……

我有什麼立場以高姿態批評高野，我的精神年齡頂多只有國中程度。

因為如此，我害怕跟和田先生說話。儘管之前很期待接到他的來電，現在只要手機畫面上顯示出他的名字，我就拔腿想逃。

那天晚上之後，和田先生在電話裡的聲音仍如以往，還是那麼的溫和、沉穩。以前一聽到他的聲音，就覺得好像在眺望平靜的湖面一樣，心情也跟著安詳起來。可是現在他的聲音聽起來卻變得十分遙遠。

「怎麼了嗎？」

發現我說話樣子不像從前，和田先生擔心地問：「身體不舒服嗎？」

很明顯聽得出來他的聲音充滿疑惑。

「沒有，我沒事。那就掛電話了，再見。」

掛電話之前，我以工作可能會加班到很晚的理由，取消了下個禮拜的約會。

後來我一個人鑽牛角尖也到達極限，於是回過神來發現腳步已自然往桃子嬸嬸工作的小餐館走去。

「天啊，和田先生居然會做出那麼不要臉的事！」

我明明一開始就說明這是朋友發生的事，但是這一招完全矇騙不了桃子嬸嬸，當場就看穿是我的遭遇。在身穿白色和式圍裙的桃子嬸嬸守護下，三杯黃湯下肚，話語就像是拆解的線團一樣流洩而出，結果我把近來的心情都對她全盤托出。

「哎喲，不知不覺間我這裡成了戀愛諮詢所啦。」

「對不起。」

「算了，誰叫妳是我心愛的姪女呢。」

我雖然有點懷疑她說的是真的嗎，但桃子嬸嬸說完後，臉上露出了笑容。

「妳不敢跟和田先生確認嗎？」

面對桃子嬸嬸的直問，我默默地點點頭。

「可是和田先生應該不是那種人吧？」

「就是因為我相信他不是那種人，所以才會這麼害怕。只要一想到自己被他背叛，就害怕得不得了。」

我雖然那樣回答桃子嬸嬸的問題，卻也逐漸發覺問題的本質其實是不同的事。問題出在自從和前男友分手後，我在無意識間會盡量避免全面信賴對方。而且也很害怕，害怕因為太過輕易相信的關係，又會跟上次一樣受傷，然後又開始詛咒自己的膚淺，變得自暴自棄。

所以不只是這件事，我其實對和田先生的一舉一動、一言一語都做出了過度反應。

「我說呢，貴子……」

桃子嬸嬸從櫃臺裡走出來，坐在我身旁的椅子上。

「我這個人沒什麼學問。阿悟讀十本書我頂多只能讀一本，所以關於書本我也不是很清楚。但是對於看人，我自認眼力還算不錯。根據我的觀察，和田先生絕對不是那種會主動想要傷害妳的人，因為他的眼睛那樣告訴我。我覺得問題反倒出在妳自己在心中築了一道牆吧？」

「築了一道牆嗎？」我重複那句話。

身旁的桃子嬸嬸彷彿要看穿我似地凝視著我。

「我想貴子妳自己也很清楚吧。」

「嗯，也許正如妳所說的……」

「自己的心門不打開，卻一味要求對方，恐怕也太異想天開了。只要妳不往前踏出一步，我想任何問題都無法解決的。和田先生也是平凡人，或許有一天他也會受不了貴子的疑心病而求去。到時候後悔的人肯定是妳，不是嗎？」

桃子嬸嬸的一番話，深深刺進了我的心。我對和田先生要求很多，自己卻什麼都拿不出來。一如桃子嬸嬸所說，明明發覺和田先生的眼睛訴說許多心情，我卻執著於一些瑣事，不願去讀取和田先生的真心。

在我陷入沉思的時候，廚房裡傳來餐廳老闆中園先生高八度的求救聲，「桃子，Help me!」桃子嬸嬸趕緊大喊「來了來了」，從椅子上跳起來。

「那我要去忙了。不要老是讓桃子嬸嬸我操心，要趕快讓我安心才行！」

桃子嬸嬸輕輕捏了一下我的臉頰，不等我回覆就衝進了中園先生不停喊著「Help! Help!」的廚房裡。

幾天之後的星期四晚上，我們舉辦了小朋的慶生會。

說是慶生會有點太誇張，因為不過只是三個人參加的小型聚會。在小朋的指定下，地點選在森崎書店的二樓，我們從書店搬來原本當作櫃臺用的長桌準備煮火鍋吃。

基本上也邀請了悟叔和桃子嬸嬸，他們以「歐吉桑、歐巴桑不該參加」為理由婉拒了。高野也擔心小朋不歡迎自己去而一再推辭，我強調沒有那種事，並用半強迫的方式讓他屈服。難掩一臉緊張的他出現時，依然穿得很單薄，身上只有一件顏色黯淡的橘色帽T。不禁令人納悶，好不容易能跟心愛的女子見面，至少也該打扮得好看一點吧。

當然小朋事前知道高野會來，兩人在書店門口打了聲招呼，說句「好久不見」，就很尷尬地少有互動。我也因為和田先生的事而提不起勁，但想到這樣下去可不太妙，便強顏歡笑試圖炒熱氣氛。不料弄巧成拙，反而讓空氣變得更加凝重。

在凝重的氣氛中，我們沒什麼交談地吃著火鍋，我和高野喝啤酒，不會喝酒的小朋喝柳橙汁。小朋只吃蔬菜，高野則是只挑豆腐吃。

難得是幫小朋辦的生日會，看著默默無語只知道動筷子的兩人，我終於壓制不住火氣，動氣的茅頭自然指向了高野。

「高野，不要只挑豆腐吃！也要吃雞肉和蔬菜呀！」

高野一個人從剛才起已經吃掉兩大塊豆腐。

「是哦？真是對……對不起。因為覺得豆腐一直都剩在那裡，我以為妳們兩人都不喜歡吃。」

高野有點被嚇到了，但我仍不放過他。

「不要擅自決定！我只是想吃得營養均衡，而且小朋應該也想要吃豆腐吧？」

突然話題扯到自己身上，小朋嚇得肩膀抖動了一下，趕緊抬起頭。

「不，我沒關係……高野，你吃嘛。」

「小朋，妳不用客氣，今天可是妳的慶生會。」

高野也拚命地點頭。

「就是說啊。我答應妳們絕對不再碰豆腐，請盡量吃吧。」

由於他準備把裝進自己碟子裡的兩小塊豆腐放回鍋子裡，我連忙加以制止。

之後我們把主菜丟在一邊，繼續為豆腐的事吵來吵去。小朋一臉困惑地在旁邊看著我們，最後在我大聲怒罵「你這個一整年都穿著很單薄的男人」時，她終於忍不住開口制止。

「夠了，請你們不要再為豆腐的事爭吵了。倒是我必須跟高野道歉才行。」小朋說完後面對著高野，深深一鞠躬說：「我單方面地對你那麼過分，真的很對不起。」

果然高野就跟我想的一樣，當場顯得很狼狽，正要站起來的時候膝蓋碰到了桌角。

「不要那麼說，該道歉的人應該是我。」高野一邊忍著膝蓋的劇痛一邊說。

小朋又再一次賠不是。我一邊拿抹布擦拭被高野弄髒的桌面，一邊制止他們兩人，「你們應該道歉夠了吧」。不知道是因為膝蓋的痛楚還是心疼小朋，淚眼迷濛的高野似乎還有話要說，聽了我的勸，只好無奈地閉上嘴巴坐下來。

也因為這場紛亂讓之前沉悶的氣氛得以稍微緩解。我見機行事，將生日禮物拿給小朋。我送給小朋應該會喜歡的百合花束，高野送的是鑲嵌玻璃檯燈。高野的檯燈是燈塔的造型，如果是穿著得體服飾的男子所選擇的禮物，那就再完美不過了。

「兩樣禮物都很可愛。」小朋總算展顏而笑。

「其實高野本來想送其他禮物。」無視於高野的阻止，我還是說出了口。反正事到如今也沒什麼好隱瞞的吧。

「問題是找不到。一本叫做《金色的夢》的書，小朋妳不是一直在找那本書嗎？」

小朋詫異地張大嘴巴，看了我一眼後，驚叫出聲：「什麼！在找那本書？」

「有什麼問題嗎？」

「對不起，之前相原小姐在『思波爾』曾經提到過。我一直都記得。對不起，都怪我多事。」

高野的這番話讓小朋的臉又恢復詫異的表情。

「不是的，高野。事情是這樣子啦，那本書並不存在於現實世界。」

這一次輪到我和高野大吃一驚。

「是、是嗎？可是……」

「對不起，都怪我說話的方式讓你誤會了。」

「可是高野上網搜尋時，在留言版上有看到其他人也在找那本書。」

高野在一旁也猛點頭。

「大概那是相信這本書存在的人所寫的吧？有些人把那本書稱為夢幻之書，因此就流傳開了。」小朋的語氣中充滿了歉意。

如果是這樣的話，當然在世界最大的舊書街會遍尋不獲，也難怪悟叔會不曉得。

高野都怪你沒聽清楚！我惡狠狠地瞪著身旁一臉錯愕的高野。只不過一開始我也都沒有懷疑過那本書不存在，所以也不能全怪罪在他身上。

接下來小朋詳細地為我們說明了關於那本不存在的書。

昭和初期一個名叫冬野美津子的無名作家發表了《黃昏的瞬間》小說作品。描寫一個死期將近的孤獨盲眼老人，和他雇用來讀書給他聽的中年女子的故事。可能是因為內容太過浪漫了，小說發表當時完全不受到文壇和大眾的青睞。至於《金色的夢》則是在該故事的最後，中年女子朗讀給即將蒙主寵召的老人的那本書。就故事而言，是很關鍵的一本書。當時出現了幾個想要找出這本書的書迷，在之間還引起了一陣騷動。但是幾年後證實該書其實是作者的創作。

在《黃昏的瞬間》中，《金色的夢》被描寫成一本令人嘆為觀止的傑作。讀完那本書後，從來不懂得愛的老人才發覺自己深愛著常年守候在身旁的中年女子，小說也到此戛然而止。

告訴我有《金色的夢》這本書的人是姊姊，她說那麼棒的書，妳絕對要一讀！那是在她發生車禍事件的半年前。姊姊說的任何話，我都相信，所以我拚命地尋找那本書，但實際上那本書根本不存在……

小朋對著我露出了自我嘲笑的表情。在一旁有聽沒有懂的高野，只能不斷眨著眼睛看著我們倆。

「姊姊應該是一開始就知道那本書不存在。因為姊姊說她是跟男朋友借了那本書來讀的。

「為什麼姊姊要騙我？姊姊不是會說那種無聊謊話的人。所以究竟是什麼原因呢？難道是為了作弄我？因為她發現我在暗戀她的男朋友，於是想要報復我嗎……不管怎麼樣，姊姊過世了，我永遠也得不到解答。

「儘管已知道那本書不存在，直到現在我還是會試著到二手書店尋找。有人問起我最想要的書是什麼，我也會不假思索脫口說出《金色的夢》。我似乎在暗自期待，萬一找到那本書，自己也能像小說中的盲眼老人一樣內心會起某些變化。雖然我也知道自己這樣十分幼稚……」

我完全都不知道你們在幫我找尋那本書，真的很對不起。小朋最後又對我們說了一次抱歉的話。

「不要那麼說，那是我們自己主動說要去找的……」

原來在毫不知情的狀況下，這兩個禮拜我和高野忙著到處找書呀？恐怕再也沒有比我們倆的行為更加沒有意義的事吧？看來小朋要找的不只是那本書，而是隱藏在背後的答案，看來終其一生都找不到的答案。她被姊姊的死，還有連帶發生的事所束縛，不對，或許應該說是被她自己給束縛了。

而每一次提到姊姊的小朋，臉上總是浮現寂寞的笑容，每次都令人看得心疼不已。

「生日快樂！」高野突然站起來大喊。

「我是因為相原小姐笑容的鼓舞而有了勇氣。因為想看到那張笑臉，所以才能拚命忍耐，始終沒有辭掉那間咖啡廳的工作。」

真不知道這傢伙冷不防會說出什麼話。我嚇得趕緊拉住高野的袖子，但是情緒亢奮的他已經不聽勸阻。

「也、也就是說，我想要說的是，就算相原小姐沒有發覺，眼前就有一個人是受到了妳的鼓舞而振作，眼前就有一個人在相原小姐出生的日子，是真心為妳感到高興的，我希望妳能記住這件事。我要說的就是這些。」

高野滔滔不絕地說完後，氣勢一轉為弱地又說了一次「祝妳生日快樂」。然後整張臉像是生氣般地腫脹通紅，砰地一聲用力坐回原位。搞得現場突然安靜無聲。我十分能感受到他想鼓舞小朋的心意，但是這樣的做法未免也太唐突了！

因為眼前的火鍋已經沸騰，我將桌上型的瓦斯爐火給關掉。小朋從剛才起就一直緊閉著雙唇，低著頭看著下方。過了一會兒她才慢慢地站起身，拉開隔壁書庫的紙門，走進裡面，從裡面將門給關上。

「我說了什麼不該說的話嗎……」

高野臉色發青地看著我。

隔壁房間裡安靜無聲。我們等了好久，小朋似乎沒有要走出來的樣子。開始擔心的我試著敲一下紙門後探頭進去查看。不知道小朋到底在想些什麼？她居然端坐在昏暗的光線中，專心一意地看起了書。即便我拉開紙門，她連看都不看我一眼。

「小朋？」

我對著她的背影呼喚。

「什麼？」

「妳在做什麼？」

「做什麼？我在看書呀。」小朋雲淡風輕地回答。

「我是說妳幹麼這個時候要看書？」

「因為突然想看書嘛。」

小朋的視線始終盯著書本，也就是說她正在試圖逃避眼前的現實吧？因為聽到剛才高野類似愛的告白的發言。

高野也來到我背後時，小朋為了更加投入而將臉貼近書本。我和高野困惑地彼此對看。

突然間高野好像想到了什麼，直接走進去坐在小朋旁邊，抽出了身旁的一本文庫版作品就靜靜地讀了起來。

起初小朋抬起頭望了高野一眼，接著又一語不發地看回手上的書。

「怎麼會？好可怕……」看著兩人的背影，我不禁喃喃自語。但他們倆一點反應也沒有。該不會他們會像這樣一直耗到早上吧？正當我開始有些擔心時——

「相原小姐，」高野逕自開口說：「我這個人不太會說話，但是可以像這樣默默地陪著妳。所以需要的時候請叫我一聲，我會飛奔過去的。」

小朋沒有抬起頭，依然看著書，但是身體在陰暗中微微動了一下。看起來就像是在輕輕點頭。高野看到後，微微一笑，也回到了自己的書上。

沒想到高野比我還了解小朋，甚至理解人性。當我在煩惱如何跟小朋相處時，一旁的他也在思索該如何做才能讓小朋感到安心。原來因為本人的意志而關上的門扉，外人不該硬要撬開，必須讓本人由內側自行打開。我這才恍然大悟，看著默默並肩坐著的兩人，我很自然地覺得小朋自己打開門扉的日子應該不遠了。

我拿起手邊的一本書，靠在牆邊，一邊翻著書頁，心中做出了決定。好吧，得打個電話給和田先生，約他這幾天見面。因為自己築起來的牆得自己拆掉才行。

就這樣小朋生日的那天晚上，夜色隨著翻書聲而越來越深。

11

受到颱風掠過西日本的影響，東京這幾天的雨勢和風勢都很強。使得路樹的葉子也都被吹光了，讓樹木彷彿很害羞地對著天空伸展枯枝。

由於和田先生那幾天工作都很忙，所以我們得以碰面是在小朋慶生會的四天後。本來那一天是休假，但因為和田先生臨時下午有工作，將近傍晚時分我們才聚在一起。

和田先生似乎也覺得我這一陣子的樣子不太對勁，所以一見到我人就關心地詢問「發生什麼事了嗎」。我決定先說出那天晚上的事。

「原來這就是貴子心情不好的原因。」

聽完我說的話，和田先生像是總算得到解答一樣喃喃自語，接著又說句「是嗎，那也難怪」，彷彿自己犯下不應該的過錯又嘆了一口氣，然後閉上眼睛，整個人一動也不動。

今天的「思波爾」又是客滿，隔壁桌坐著一位身穿西裝的男性，一邊喝著咖啡一邊悠閒地攤開報紙瀏覽。對面座位的一對年輕情侶則是交頭接耳聊得正起勁。雨在今天早上停了，終於看到好久不見的陽光露臉。夕陽和緩的光線從窗戶靜靜地照進微暗的店內。

和田先生從剛才起就沒有動過桌上的咖啡，表情始終很凝重。靠窗的肩膀被陽光染成了金黃色。由於他一直都沒有動靜，我不禁擔心地開口問：「你還好吧？」

「嗯，我沒事。」和田先生說話的聲音比平常更加嚴肅。

「對不起，沒有跟妳說是我的錯，都怪我考慮不周。該怎麼說呢？我以為這種事跟貴子說，可能會影響妳的心情，結果反而因為沒有說，讓妳更擔心了。真的很對不起。」

和田先生速度很快地說完這些話，然後開始說明和前女友見面的經過。那天傍晚，上班時間突然接到一年沒見的對方想要來還書的電話。我說那些書她可以留下，可是對方堅持說她已經來到附近。沒想到一碰面後，對方要求重修舊好……我打斷了和田先生的說明。

「好了，不用再說了。」

「不用說了？」和田先生瞪大了眼睛反問。

「我是說沒事了，我已經知道你們之間沒事了。」

說完後我笑了，很自然地笑了。說實在的，那麼久沒和和田先生見面，來此之前我是真的很緊張。然而像這樣面對面坐著後，不知道為什麼心情整個豁然開朗，我真的覺得已經沒事了。

「是嗎？可是……」

相對於已經自覺沒事的我，和田先生則是皺著眉頭，一副丈二金剛摸不著頭的神情。每當他困惑時，無意識間就會做出那種表情。可能是聽到和田先生的聲音吧，隔壁桌的男子將臉從報紙中抬起來，瞄了我們一眼。但馬上又不感興趣地回到自己的世界去。

「我不是因為想和和田先生談這件事而提議今天見面的。真的只是為了想見面才來的。」

「可是貴子不是很在意嗎……」

我搖搖頭。

「真的那件事我已經無所謂了。的確當時我覺得很震驚，但是透過這件事讓我知道，原來最讓我覺得震驚的是，自己居然不相信和田先生。我不知道該用什麼樣的臉來面對你……所以問題其實出在我身上。」

「問題？」

和田先生又皺起了眉頭，今天的和田先生始終是一副困惑的表情。

「沒錯，我是個膽小鬼，一直不敢對和田先生掏出自己的真心，總是下意識害怕自己受到傷害。被桃子嬸嬸點明之後，我才恍然大悟。所以我決定不再逃避下去。」

訴諸言語後，突然有一股壓迫的力量從身體鬆脫開的感覺，心情變得很愉快。現在我真的沒事了。原來只要好好看著和田先生就能明白，可是從我們交往以來，我始終都沒有那麼做。

和田先生不停地眨著眼睛，一直看著我，過了好久才很感慨地說聲，是嗎？

我驚訝地反問：「嗯？」

「不，我是說原來這一個禮拜妳為了我想了很多。」說完才拿起咖啡啜了一口。

「嗯……」我側著頭想了一下說：「與其說是為了和田先生，應該說是為了我自己吧。不然的話，總有一天我會變得很討厭自己，到時候也無法繼續跟和田先生在一起了。我絕對不想要變成那樣！」

聽到我說的話，和田先生搔著頭，露出害羞的笑容。

「今天有種搭雲霄飛車的感覺。」

「對不起，都怪我說了些奇怪的話。」

說完這句話，就當作這件事已經結束，我拿起咖啡杯一飲而盡。

「不，錯的人是我。總之，我和她之間沒有什麼，今後也不會再見面。請相信我。」

做事一向規矩正經的和田先生在走出店門前，又特意補充了這一句，讓我不禁笑了出來。

之後我們走在暮色籠罩的街上往和田先生的住處邁進。儘管明天兩個人都要上班，但我們還是想膩在一起。

「我也要承認一件事。」一如往常抬頭挺胸走路的和田先生突然這麼說。

「我其實很羨慕貴子。」

「羨慕我？為什麼？」因為太過意外，我驚訝地反問。

「因為貴子身邊有很多可以交心、值得信賴的人。」和田先生如此回答。

「你是指悟叔他們嗎？」

「嗯。」和田先生臉上浮現微笑，點頭說：「看過就會知道，大家都很愛護貴子。」

「會嗎？」

我倒也不是沒有感覺，只是覺得經常被取笑是真的，尤其是被桃子嬸嬸和三爺取笑。

「那是因為貴子是個很有魅力的人，而且貴子也十分愛護身邊的人。」

「哎喲，有沒有魅力我是不知道啦。」我難為情地說：「不過來到東京以後，有很長一段時間沒什麼認識的人。不對，就算是在老家也差不多一樣，不像現在，當時幾乎沒有類似悟叔、桃子嬸嬸、小朋等可以毫無顧慮的說話對象。所以關於這一點，我也覺得自己很厲害。」

第一次走進悟叔的書店時，做夢也沒想到會遇到這麼多人。還有跟和田先生的認識也是，要是沒有那一段丟臉的失戀，我就不會來到森崎書店，依然跟悟叔保持疏遠的關係，恐怕也不會遇見和田先生吧。如今回想，感覺很不可思議。因為所有事情都有所關聯，所以我們倆才能像這樣在暮色初起的街頭上漫步。

可是和田先生說他很羨慕我，還是讓我感到十分意外。和田先生不管走到哪裡，都有很多人喜歡他，我以為他的人際關係應該很好才對。

「不，一點都不好。」

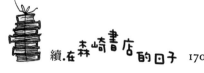

和田先生強烈地否決了我的想法。

「我從小時候起就老是被說是頭腦很清醒的人。的確，我是那種到哪裡去都能處得不錯的人，但另一方面常常也只能抱著旁觀者的態度跟別人相處。我的內心一直都很冷靜，從小到大幾乎沒有什麼太大的情緒起伏，連我自己都不知道為什麼會這樣。我有想過可能是受到來自一個冷冰冰的家庭所影響吧？加上父母離異。但或許原因不只那樣，也有可能我生性就是如此。」

和田先生一邊仔細審視自己的右手一邊說話。彷彿是在確認自己的身體結構一樣。

「跟這種個性的人在一起，就算一開始覺得很稀奇，久了任何人也會生厭的，所以大家自然而然就會離我而去。我的房間一開始不是很髒亂嗎？該怎麼說呢？我倒是認為那樣應該很能代表我是個什麼樣的人吧。儘管可以學會如何把外在打扮得光鮮亮麗，但內在卻是亂七八糟，無從下手整理。

「可是看到貴子和森崎先生等人時，不禁打從心裡想，好棒呀！

真希望能融入你們的圈子裡。這讓我很憧憬，所以才會說要寫一本以書店為舞臺的小說，因為我想用自己的方法，就算只有一點點也無所謂，我想要打入大家的圈子裡。」

和田先生說完後看著我，臉上露出有點害羞的神情。我不禁也入神地凝望著他。原來和田先生心裡都在想著這些事情，在這之前我完全都不知道。所以當他告訴我要寫小說時，才感覺他似乎很緊張窘迫，直到現在我總算能夠理解。

「我希望被大家接受，希望跟著大家一起高興一起悲傷。這真的是我頭一次有這樣的想法。」

我輕輕地握著和田先生溫暖的雙手。

「當然，那是一定的。因為和田先生是很棒的人。」

「是嗎？」

面對缺乏信心、喃喃自語的和田先生，我語氣堅定地說：「我保證一定沒問題。」

和田先生似乎有些驚訝地看了我一眼，然後瞇起眼睛笑了。

「謝謝。」最後和田先生這麼說。

其實我才想要跟他說謝謝呢。我很高興和田先生願意將心裡的話說給我聽，也很高興和田先生喜歡我，並且喜歡我所關愛的人們，有種受到他讚美的心情。我也終於提起勇氣，對他告白自己的心意。

說出自己的想法，看似很單純，沒想到很難。尤其對方是自己十分看重的人，就更難上加難。走在他身邊時，我一直在思考這個問題。但只要提起勇氣，就能拉近和他之間的距離。

繞過轉角，就能看見和田先生居住的公寓。我們手牽手一路往前直走。

感覺好像也沒幾天，冬天竟然已經到了。我最喜歡的季節即將結束了嗎？不過那也沒什麼不好。

相信今後不管是冬天還是春天，不管季節如何變換，每天的日子依然如此平穩，我所喜歡的每一個人都會笑著過日子吧。

我走在向晚時分的道路上，毫無根據地如此認為。

12

我有些話要跟妳說。

悟叔突然這麼跟我說，是在十二月份過了一半的時候。

那天我利用假日一早就到森崎書店，其實因為忙東忙西有兩個禮拜沒來了。一直到打烊都很順利，正當我即將走出店門時，突然被悟叔叫住了。

「還有時間吧？」

悟叔說話的樣子顯得有些惶惶不安。

「嗯，沒問題。」

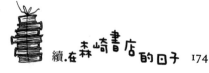

最近悟叔的話比以前少了些，我多少也覺得不太對勁，但因為和田先生的事和小朋的事，加上日常生活的忙碌，老實說我也沒有多餘的時間關心他。不過最近悟叔的樣子的確很奇怪，最重要的是他會像這樣子跟我說話，本身就很不尋常。因為他是那種想說就馬上說出來的人。

總之，我們兩人一起合作，提早完成了打烊，然後一起離開書店。

一走到外面，寒冷的夜氣迎面而來。這是個貨真價實的冬夜，是一個周遭顯得比平常更加寂靜、空氣緊繃冷冽的夜晚。黑色的夜空下閃著幾顆星星。

「那我們走一下吧。」我跟悟叔如此提議。因為我想呼吸一下外面的空氣，身體稍微活動也許會讓他有精神些。

「可是會很冷吧？」

「就是因為很冷才想要走路啊。」

「那我就陪妳走一下。」

我們穿過櫻花巷，來到大馬路上，經過轉角，一路往前走。悟叔的腿雖然短，走路速度卻很快，而且也沒有習慣放慢步伐配合走得慢的人。因此一起走路時，彼此的距離會越拉越遠。不過我知道他走到一定的距離時，肯定會停下腳步回頭看我追上來了沒，所以我也不必急著趕上他，只要用自己的速度慢慢地追著悟叔的背影走就好。就跟以前一樣，每次跟悟叔出門散步時，小孩子的我總是用眼睛追著悟叔短小而瘦削的身影。

我們來到皇居的護城河前，決定在折返前先休息一下。護城河裡有幾隻黑色剪影的水鳥優雅地在映照出街燈倒影的粼粼水面游泳，陰暗的皇居就聳立在高大樹籬的後面。悟叔為了「不要感冒」，在自動販賣機買了兩罐熱檸檬水，其中一罐遞給我，他還是跟以前一樣喜歡喝熱檸檬水。

「嘿咻。」

悟叔小心翼翼地坐在護城河前的長椅上。

「屁股還好吧？」我苦笑地問他。

「這點毛病沒什麼。」說時，還豎起了大拇指。

坐在這裡可以看見開闊的夜空，夜空上有著一彎新月，更前面點則是閃爍的獵戶座。蓋在皇居對面的報社大樓窗戶，還亮著許多燈火。許多人氣喘吁吁地在沿著護城河的人行道上慢跑。我和悟叔望著慢跑經過的人們身影，一小口一小口地啜飲著熱檸檬水。

「對了，上次的旅行謝謝妳。不管怎麼說，出去一趟還真不錯。桃子也很高興。仔細想想，我們兩人已經有十年沒有那樣子旅行過了。」

旅行都已經是一個多月前的事了，悟叔現在才想到要道謝。

「不客氣，因為你一直都很照顧我。」

「沒有吧，我哪有怎麼照顧妳。」

「從小悟叔就很照顧我。」

我望著夜空說話。一想到身邊的這個人知道我許多小時候的事，就覺得有點不好意思。

「是嗎？我們之間的交情少說也有二十年了嗎？」悟叔也一起抬頭仰望夜空，像是懷念從前地瞇起了眼睛。「時間過得真快。」

「不過中間我們沒有見面的期間也很長就是了。說實在的，到了青春期以後我就不知道該如何跟悟叔相處。因為不知道你在想些什麼，而且好好一個大人卻整天遊手好閒的。」

「好過分！我聽了很受刺激。」

悟叔吐出像棉花般的白色霧氣，並發出跟往常一樣爽朗的笑聲。

「對不起嘛，不過小時候我最喜歡悟叔了。回憶當年，都是愉快的往事。直到現在我才知道，那個時候悟叔對我有多好。」

「哈哈哈，所以在沒發覺之前，妳很討厭我囉。原來如此，難怪有很長一段時間都沒來看我。」

「也不是討厭啦，而是不知道該如何相處。不過現在我可一點都不會那麼想了。」

「那就好。」

當我們閒話家常時，不知為什麼我總覺得有哪裡不太對勁。旁邊的悟叔還是跟往常一樣地笑著，跟往常一樣地說話，溫柔的聲音也一樣，可是很明顯就是有什麼地方不太一樣，悟叔好像為了什麼事情而困惑。當我們一起在這個寂靜的夜晚相處時，我可以很明顯地感受到他的困惑，讓我心情變得十分不安，而且不安的感覺越來越加劇。

「悟叔，你不是有話要跟我說嗎？」

我開口問著態度猶疑、遲遲不肯直接進入本題的悟叔。

「是啊。」

「該不會是有點不太好的事吧？」

突然間我發現自己正緊握著檸檬水的罐子。儘管身體是冰冷的，手心卻在冒汗。悟叔瞄了我一眼，輕輕點了一下頭。

「應該算是吧。」

「那你快說呀！」

悟叔又點了一下頭。

「其實呢，」悟叔一臉正經地說：「最近我的痔漏又更嚴重了！我真的很困擾。」

看來為他擔心的我簡直像個笨蛋。我不發一語地舉起雙手，用力推了悟叔一把，差點從長椅上跌落的悟叔發出奇怪的尖叫聲。

「貴子妳這是幹麼！拜託不要再刺激我的屁股了，好嗎。」

「笨蛋！」

我為了緩解一直以來的緊繃情緒，深深嘆了一口氣。真是覺得又好氣，同時又覺得很安心。原來是因為痔漏而煩惱呀？雖然知道他很難受，但還好只是這個毛病。真是太好了，我心想。

「你明天一定要去看醫生才行。」

「嗯，我會的。」

「你一定要去喔。」

我幾乎是用跳的站起來，然後催促悟叔差不多該走了。因為再不回去的話，恐怕就真的要感冒了。

可是悟叔似乎沒有要從長椅上站起來的意思。難不成痔漏真的有那麼痛嗎？真是沒辦法。我伸出了右手，想要拉他一把。

但悟叔只是看著我伸出去的手，始終沒有要抓住的樣子。我急得又催促了一聲，他才幽幽地開口說話。

「是關於桃子那傢伙的事。」

「嗯？」

突如其來的發展，讓我不禁驚訝地反問。

「其實我是在那次旅行聽她說的……」

悟叔說到這裡停了下來，用力抿了一下嘴脣，然後才又慢慢地開口。

「前不久癌症又復發了。她本人則是很早以前就從醫生口中得知，一直都不敢說出來，因此據說已經蔓延得相當嚴重了⋯⋯」

悟叔吐出來的白氣緩緩地升上空中消失不見。

「目前只有我知道，再不久大家也都會曉得吧。因此在那之前，我想至少先告訴貴子一聲⋯⋯」

我有種被人家拆去支架的奇妙感覺，幾乎無法站穩。手腳迅速在冷卻中，朝向悟叔伸出的手彷彿擺脫了我的意志，鬆軟地垂掛在身側。

「你是騙我的吧？她明明還那麼健康⋯⋯」

真希望這是一場騙局，所以我才那樣問悟叔，可是悟叔並沒有騙人。

因為他那悲傷又正經的眼神已經回答我了。

13

一群候鳥飛過單調的冬日天空，牠們排成一列隊伍，用力舞動著黑色翅膀。眼看著飛到了正上方的空中，突然間直接迴轉又飛遠了。乘風飛翔的鳥群越來越小，終至變成了小黑點。

到底牠們要飛向哪裡呢？

從病房的窗口茫然地眺望著鳥群時，我心中想著這個問題。

今天的風很強。醫院為了讓病患有散步的空間，設置了一個大型中庭。溫暖的午後常見到有人在裡面走動，今天則是看不到半個人。並列的松樹被強風吹的樹枝激烈傾軋，外面的冷空氣從微開的窗戶吹進來。

「可以看到什麼好玩的東西嗎？」

坐在病床上悠閒織東西的桃子嬸嬸正在看著站在窗邊的我。我輕輕地關上窗戶。

「沒有呀，只是覺得今天的風好大。我把窗戶關起來，可以嗎？」

「嗯，謝謝。」

桃子嬸嬸充滿節奏感地上下移動棒針。現在的她正熱中於編織，視線總是看著自己的手。

「妳在織什麼？」

「手套。」

「都已經是二月天了耶？」

「無所謂啦，我只是織好玩的嘛，用來打發時間正好。」

「是哦。」

我坐在病床旁邊的椅子上，也一起看著她的手。

「那我要一雙，可是還要多久才會織好呢？」

「我看要到三月吧？反正明年也用得上嘛。」

要到明年啊，我在心中喃喃自語。也許那時候桃子嬸嬸已經不在人世了，我實在無法想像那是什麼樣的情況。不，我不要那樣。為了擺脫腦海中浮現的不好念頭，我故意開朗地回答：「好，那我要。」

容。

「了解。」

桃子嬸嬸輕輕抬起頭，對我微微一笑，那是一個純淨、親切的笑

桃子嬸嬸入住的是位在都內綜合醫院三樓的四人病房，聽說以前也是在這間醫院動手術，當時住在同一樓層但不同病房。因為那個時候她和悟叔分開過日子，所以身邊應該沒有人照顧她才對。我猜想當時她應該很心慌吧。

病房裡總是瀰漫著醫院特有的消毒藥水、藥品的氣味，還有些許人的汗水味。乳白色的窗簾，白色的牆壁，看起來雖然清潔，但也讓人覺得有些單調乏味。

「醫院不都是這個樣子嗎。」

一開始我提出抱怨時，桃子嬸嬸還露出理所當然的表情斥責我。

「好了，妳該回去了。一直坐在這裡，我也會受不了。」

桃子嬸嬸沒有停止手上的動作，而是用下巴指著門的方向。每次我來探病，她都是這個樣子，不到一個小時就趕我回去。也不知道她

是客氣，還是真的覺得困擾。

不過就算她趕，我還是沒有意思要走。最後她總是會趾高氣揚地說：「不用那麼擔心我啦。妳看看，我這樣子沒問題的。」

每一次我都是像這樣被趕出病房。

然而桃子嬸嬸的確臉色很好，肌膚有彈性，看起來很健康，醫院的伙食也都吃得一乾二淨，坐在床上的姿勢依然抬頭挺胸。我這麼說雖然有些奇怪，但她跟以前沒什麼兩樣，實在讓人跌破眼鏡。

「那傢伙真是讓人傷腦筋。」

一同散步的那個夜晚，悟叔在回家路上不停地咕噥，並發出嘆息。彷彿被禁止走太快似地，我們放慢速度並肩走向車站。我完全不記得是怎麼從皇居走回去的，唯一有印象是的滿溢在悟叔心中的千頭萬緒，都化成那一個又一個的小小嘆息，至今仍在我的耳畔縈繞不去。

當時我還獲知幾個完全無法預知的事實。

桃子嬸嬸復發的癌症已經相當嚴重，而且已經轉移到淋巴結，所以很難動手術。當醫生告訴她時，桃子嬸嬸也認命了，決定不再開刀。起初悟叔強力反對，不斷找醫生商量，終於才接受那可能是最好的做法。最重要的是，他想尊重桃子嬸嬸的想法。

我在旁邊只能有氣無力地回應「嗯」、「是哦」。突如其來的消息，讓我無法好好思考，我不知道該怎麼去理解才對。唯一知道的是，這件事情比我想像的還要嚴重。

悟叔的嘆息聲夾雜著汽車行駛街頭的聲音，傳進了我的耳朵。

我默默地望著柏油路繼續走著，忽然間想到一件事而開口問：

「你剛剛說是去旅行時得知的吧？」

「嗯，她突然間說出來，把我嚇了一跳。雖然桃子這個人有些調皮，但是這種事是不能開玩笑的，所以我知道她是說真的。」

「那麼悟叔知道這件事已經很久了囉……」

當初我純粹只是希望他們能好好休息一下，才送他們夫妻倆去旅行，沒想到兩人之間發生了這件事。如今回想，悟叔變得不愛說話也是在那次旅行之後。這段時間他把這個祕密放在心裡，沒有對任何人說出口。我似乎可以理解他為什麼對我難以啟齒。因為一旦說出口，就等於承認這個事實。悟叔一定覺得很害怕。

「悟叔，這段期間你一個人承受很辛苦吧？」我安慰說。

「不，也沒有啦。」悟叔說完還乾笑了兩聲。

「就像我剛才說的，也不是馬上就會怎樣。再過一陣子應該會住院吧，不過還是要看情況而定。」

「原來如此……」

問題是不動手術就意味著治癒機率低，也就是說，桃子嬸嬸剩下的時間不多了。

最讓我感到震驚的就是這點。侵襲桃子嬸嬸身體的疾病在不久的將來，會帶著桃子嬸嬸前往不同的世界。桃子嬸嬸即將離開這個世界了？我實在無法相信這種事。我總以為桃子嬸嬸就像是一個貼心的親戚一樣，她會跟著悟叔一起慢慢變老，並共同守護著森崎書店直到永遠。

當我回過神時，才發現自己也跟身邊的悟叔一樣開始發出微微的嘆息。而悟叔也像是接收到訊號一樣低喃說：「真是敗給她了。還以為她離家五年總算回來，這次居然是生病，而且還是癌症末期。偏偏她本人毫不在意，讓人很難有真實感。好歹她也該要有病人的樣子才像話吧。」

悟叔顯得很傷腦筋的樣子猛搖頭，然後又嘆了一口氣。

「嗯……」

「我真是敗給了那傢伙！」

在走到車站前，一路上悟叔不斷地重複這句話。

那之後一如悟叔所說，彷彿沒有什麼事發生地過著平靜的日子。桃子嬸嬸還是一樣到書店招呼客人，一個禮拜有幾天到小餐館幫忙。為了看桃子嬸嬸親切的笑容，三爺等熟客經常會來逛書店。表面上沒有任何的改變。

就連我得知她生病的事，去書店看她時，桃子嬸嬸的態度也顯得十分淡定。

「是呀，就是那麼一回事。」

桃子嬸嬸一副事不關己的口吻。

「可是……」

我想說些安慰的話，但是在我開口之前她已搶先說：

「這種事誰也沒辦法。基本上我已經做好心理準備，所以拜託妳不要擺出那麼嚴肅的表情，搞得我的心情也跟著沉重起來。」

她開朗地說完後，還用力拍了一下我的背。感覺上反而是我被她激勵了。

生病的人都那樣子了，我又怎麼可以心情沮喪呢！

身為姪女的我，同時也身為忘年之交的我，決定在總會到來的那一天之前，要盡可能陪在桃子嬸嬸身旁度過剩餘的時光。不論什麼樣的形式，我都要協助悟叔夫婦。我在心中做出了決定。

過了一段時日，桃子嬸嬸住院的日期確定了。預計等年節過後，很快就會安排。

根據醫院的說法，原則上是短期住院，有可能因為病情而變成長期住院。桃子嬸嬸跟中園老闆說明原因，決定小餐館的工作只做到一月底，便先請假休息。而且還是中園老闆主動提議不要辭職，採用請假休息的方式。總之，在一月底之前暫時還能看到桃子嬸嬸穿著和式圍裙的身影。

悟叔想了很多點子想要取悅桃子嬸嬸，比方說住院前再去一次旅行。可是桃子嬸嬸個人的希望，卻是安閒地在家過日子。

悟叔懷疑她可能是顧慮到自己不喜歡書店關門不做生意，桃子嬸嬸語氣堅定地回答：「旅行一次就夠了，阿悟還是好好看店吧。我寧可看著你開店做生意，哪怕多一天都好。」

聽到她這麼說，悟叔也不好再多說什麼。

到了這時候，神保町的人們都聽說了桃子嬸嬸的病情。一如我剛聽到這個消息時的反應一樣，大家都反問「是那個桃子嗎」，完全無法置信。尤其是三爺，甚至還打電話給我，語帶怒氣要我告訴他詳情。不過在桃子嬸嬸希望一切如常的要求下，表面上大家都沒有顯露出擔心、沉重的表情。

住院前，桃子嬸嬸因為小餐館的工作請假休息，變得有時間可以常去「思波爾」坐坐。

有時三爺、老闆和高野會跟她聊天，桃子嬸嬸總是一副生龍活虎的樣子，甚至還有餘力可以取笑沮喪的三爺等人。同時也喜歡上老闆專門為桃子嬸嬸特調的奶昔，每一次都幸福滿盈地點來喝。

我和和田先生也一起陪她喝過茶。當時桃子嬸嬸還故意在和田先生面前提起，「妳和和田二號最近怎麼樣了」，看到和田先生一臉嚴肅地質問「和田二號是誰？所以一號是我囉」，她還樂得大笑。

接著又煞有介事地對著和田先生說：「貴子就拜託你了。她也許有些優柔寡斷，但是個好女孩。」

桃子嬸嬸突然說出不像她會說的話，當場讓我大吃一驚，在一旁回答「我一定會」的和田先生也睜大了眼睛。

這一陣子悟叔的臉色總是不太好，感覺比桃子嬸嬸的狀況還要糟。他還是每天到書店正常做生意，我有時會去探望他。

「悟叔，你還好吧？」

聽到我擔心地詢問，他總是這麼回答：「嗯，我沒事。」

明明看起來不像沒事的樣子，可是繼續追問的話，肯定會被他嫌煩，我只好另外找些能讓悟叔高興的話題。

「有沒有要推薦給我的書呢？」

「這個嘛，今天剛好一時想不出有適合的。下次吧，我會先幫妳找好。」

就連平常立刻會上鉤的話題，他也反應遲鈍，而且還不停地嘆氣。

「有沒有什麼事我可以幫忙呢？」

看著悟叔憔悴的側臉，我心下不忍，認真地詢問他，只要能力所及，我都願意幫忙。可是悟叔卻露出「妳再說些什麼」的表情，詫異地看著我。

「貴子已經幫很多忙了，甚至還去醫院幫忙看護，再麻煩妳就太說不過去了。」悟叔說完露出無力的笑容。

平常總是充滿悟叔爽朗笑聲的森崎書店，對我而言，如今已成為情何以堪的地方了。

二月上旬，桃子嬸嬸住院一個禮拜後，醫生宣布她的壽命只剩下半年。可是悟叔聽了完全產生不了真實的感受，只當作是一句毫無意義的話。他無法想像桃子嬸嬸即將離世的事實。尤其還能呼吸、還在笑著的桃子嬸嬸一點也看不出有那樣的徵兆⋯⋯

所謂死，似乎距離還很遠，感覺那是遙遠的未來才會發生的事；又或者說，換作是桃子嬸嬸，她應該會一笑置之，當作沒這回事吧？看著她的人，我不禁這麼想。

我幾乎是為了確認這點而到病房探望桃子嬸嬸。看到她仍如以往的樣子，我會暗自放下心中的大石。我真的會這麼想，什麼嘛！她明明還很健康，還充滿活力，不是嗎？

到了十月，不，九月也可以。總之天氣變涼後，我們還要一起去爬御岳山。

那天，我在病房對著老是忙著編織東西的桃子嬸嬸提出邀約。我們倆要像上次那樣搭纜車上山，住在像是集訓宿舍的山莊裡。相信那裡的老闆娘和小春一點都沒有變，我們去找她們吧。還有要去觀景臺欣賞峰峰相連的美景，晚上一起躺進被窩裡睡覺。

「妳說好不好？那時候嬸嬸不也說很好玩嗎？」我從椅子探出身體說話。

「嗯。」

桃子嬸嬸懶懶地扭動了一下肩膀。

「那時候貴子老是在抱怨說好累呀、腳好痛的。」

「人家才沒說。」

「妳有說。」

「那我可能只是稍微說了一下吧。這次我一定不會抱怨。」

「我懷疑喲，因為妳這個人動不動就會吐苦水。」

「要我發誓也可以。」

「這麼說來，貴子，那個時候妳不是在山上跌了個四腳朝天嗎？

那還真是個傑作哩。」桃子嬸嬸說完，臉上露出嘲笑的表情。

結果她完全沒有給我要去還是不去的明確回答。

從病房窗戶可以看見中庭裡早開的櫻花已開始凋落，花瓣如漩渦般在路邊不停地翻飛。

14

進入夏天後，桃子嬸嬸身體狀況依然很不錯。因為連續幾天的酷暑，我不由得擔心她的病情，沒想到她的食慾如故，臉色也很好。這段期間一下子住院又出院，偶爾也會到森崎書店露個臉。上次小朋來玩的晚上，我們三人還一起去中園老闆的店裡用餐。

不過入秋之後，白天也開始吹起涼風的時節，情況卻整個轉變。在家裡療養的桃子嬸嬸突然病倒了，原本預定一個禮拜在家療養因而取消，緊急決定當天就回醫院入住。

「昨天醫生說了，要有心理準備。」悟叔在電話中語氣僵硬地對我說：「貴子有時間的話，可以到醫院去看她嗎？」

悟叔的來電雖然簡短，卻充滿了威力，足以粉碎這半年來隱藏在我心中的小小期待。那是我不想攤在陽光下的部分，也是我拚命逃避面對的現實，就在那一瞬間，該來的還是來了。

隔天我利用午休時間趕去桃子嬸嬸的病房。滿懷著不安和緊張的心情推開病房的門時，耳邊立刻聽見熟悉的聲音。

「唉呀，貴子，妳又來了。」

接著是固定的臺詞。只是桃子嬸嬸的聲音似乎比以前虛弱很多，感覺沒什麼力氣。大概是身體不舒服吧，以前她很少這樣躺在床上的，儘管人醒著，看到我進來卻也無意起身。上個禮拜見面時，她明明還很有精神。

桃子嬸嬸的眼神和我對上時，突然像個嬌羞的少女一樣呵呵地輕笑了兩聲。

「嬸嬸……」

我忍不住發出幾乎快哭出來的聲音，旋即又趕緊調整好情緒，用力擠出笑臉說：「接到悟叔的來電，把我嚇了一跳。」

「瞧我也變得很偉大了吧！」

新的病房是單人房，桃子嬸嬸一個人躺在正中央的白色病床上。房間雖然很大，卻有種奇妙的壓迫感。曾經有過許多病患在這個房間住過、在這張床上躺過，然後也都走了。為什麼一走進來，我會強烈感受到這種事呢？

「悟叔呢？」

「他剛剛回家去拿換洗的衣物。因為很突然，什麼都沒有準備。」

「是哦……」

我一直待到悟叔回來以後才走。桃子嬸嬸不再像以前一樣老是趕我回去，而是安靜地躺著。

「貴子，謝謝妳常來看我。妳以後還會來吧？」

回去之際，她突然這樣問我。

「這樣子一點都不像嬸嬸妳。」

「因為很丟人呀，這種話只有在虛弱的時候才說得出口嘛。」

「不過像這樣安分的時候比較可愛。」

「討厭，妳怎麼可以對歐巴桑說這種話呢！」

「我很快會再來的。妳可要好好休息，知道嗎？」

桃子嬸嬸只有轉過頭來對著我微微一笑，然後乖乖地點頭說嗯。

我可以感覺到胸中有塊溫熱的東西。那東西在胸口發熱，而且拚命想要往上找到出口。我一走出病房便靠在走廊的牆上，在心情恢復平靜之前，只能一直盯著天花板的日光燈看。

從那個時候起，因為悟叔得經常到病房照顧桃子嬸嬸，自然而然森崎書店沒開的日子變多了。儘管桃子嬸嬸不喜歡那樣，但不管她怎麼說，悟叔就是堅持要到病房照顧她。

悟叔很明顯地瘦了，本來就很瘦，現在整個人更是縮小了一圈，看了實在叫人心酸。眼睛下方已出現黑眼圈，兩頰凹陷進去，不過才幾個月，看起來像老了五歲。

而且悟叔變得心不在焉，甚至有時客人拿著書站在他面前請他結帳，他都沒有感覺。

「悟叔，有客人。」我輕輕拍了一下他的肩膀，「啊，真是不好意思。」他才連忙接過去開始算帳。可是等客人一走後，他又開始發呆。

店裡的樣子還是跟以前差不多，所有書本在悟叔的分門別類下都正確收放在架上，每天也都確實打掃。可是如今看在我眼中，那樣反而讓這空間變成無法喘息的地方。

你還是稍微休息一下會比較好。我試著委婉地勸勸悟叔。

不，我得這樣子做才不會胡思亂想。悟叔根本就不聽勸。

「可是我擔心你會病倒呀！」

「放心吧，我的身體沒那麼弱的。」

平常動不動就唉聲嘆氣、呼天搶地的悟叔，這時候竟又逞強起來。

「因為我不能帶給桃子那傢伙困擾，我不要聽到她跟我道歉。聽到她道歉，我人都快瘋了。所以我得證明我沒問題，我沒有事。」

「悟叔……」

我已經不知道該說些什麼。

「我實在很沒用。」

悟叔坐在次郎上面，眼神茫然地望著半空中嘆氣，然後像是自言自語般低喃。

「這半年來，我以為自己已經做好送行的心理準備。可是我不行！真到了那個時候，還是會希望就算多一天也好，我要跟她在一起。我整天都在想著希望她不要離開人世。那傢伙自己都已經接受事實了，結果反而是我不肯接受。我實在太過貪心了。」

「不，悟叔並不貪心。」我大聲地說。

可是悟叔搖搖頭。

「不，我真的很貪心。最近都在想，只要能讓桃子再多活些時候，要我犧牲什麼都可以。」

悟叔臉上浮現苦笑，最後又補充一句「我的業障好深呀」，接著就像是突然清醒一般地看著我。

「對不起，都是我一個人在發牢騷。」

「沒關係，我也只能當個聽眾而已。」

真的，我能夠幫得上忙的也只有這種事情。我為自己的沒用感到很失望。

無視於在一旁的我心情沮喪，悟叔突然驚叫一聲站了起來。

「有桂花的味道！」說完用力吸了一口氣閉上眼睛。

我也受到他的影響，跟著吸了一口氣。果然沒錯，在霉臭味中有一股因為入夜而變得更加濃郁的甜香飄了過來。

「原來已經是桂花的季節了。」

聽我這麼說，悟叔露出了那天的第一個笑容。

「桃子從以前就喜歡這個味道，希望那傢伙在病房裡也能留意到。」

悟叔閉上眼睛良久，彷彿在祈禱一樣。

時間流逝，日子一天一天的過去，沒有人能夠阻擋。

我最後看到桃子嬸嬸是在十月初的一個平靜午後。窗口吹來舒爽的秋天空氣，房間裡也聞得到開在中庭裡的桂花香。風吹得窗簾微微擺動，周遭安靜得連窗簾布擺動摩擦的聲音都能清楚聽見。就是那樣一個安詳的午後。

悟叔看到我來到病房，就嘟囔著他有事，急著走了出去。事後回想，可能是時間不多，悟叔想要讓我和桃子嬸嬸獨處，才故意那麼做的吧？

「說個故事給我聽吧？」

桃子嬸嬸稍微睡了一下，醒來之後突然這樣要求我。

「今天身體的狀況不錯，有種想聽故事的心情。」

「要聽什麼樣的故事呢？」

「什麼都好。對了，那就說說貴子小時候的回憶吧！」

突然被要求，有點不知所措的我搔著頭，努力思考有沒有合適的回憶可說，最好是好笑的往事，能夠讓桃子嬸嬸開懷大笑的，就算只是一下子都好，我希望能讓她忘記身體的不舒服。

「這麼說來，那是在桃子嬸嬸和悟叔結婚之前的事。就那麼一次，悟叔曾經帶我去過夏季的廟會……」

「跟阿悟嗎？」

「我和媽媽每年都會去外祖父家，那年夏天的最後一個晚上，附近傳來廟會音樂聲。我吵著一定要去看看，可是媽媽說明天一早要搭飛機，晚上得早點睡才行。因為我最喜歡跟悟叔在一起，想到隔天一早就不在這裡，心裡很難過，於是要求悟叔帶我去。悟叔自己也很想去。結果我們到達會場時，廟會早就已經結束了。我只要能去到那裡就已經心滿意足，感覺有種賺到的心情。因為沒能跟攤販買到任何東西，悟叔便去附近的便利商店買了冰棒，兩個人寂寞地吃著冰棒回家。」

我邊說邊茫然地回憶起那個時候明亮的燈籠、熱鬧的人群、殘留白天熱氣的夜晚空氣等印象。明明是遺忘多年的往事，不知道為什麼此時卻又變成了很重要的回憶。

「就是這樣子而已，對不起。要是我能想出更有趣的回憶就好了。」

聽到我說對不起，桃子嬸嬸一邊望著天花板，一邊慢慢地搖頭說：「我好像可以看見那個情景……很棒呀，我好希望自己也在那裡。真想和小時候的貴子、阿悟一起逛廟會。」

「討厭啦，嬸嬸，人家剛剛明明是說最後幾乎沒有去成呀。」

「這故事跟你們倆倒是挺相配的，不是嗎？」

桃子嬸嬸說完呵呵一笑，我也跟著笑了。還以為自己笑了，可是後來發覺有什麼冰涼的東西滴落在手背上。還來不及細想，如雨珠般的顆粒就陸續從我的臉上滴落到手上，心想糟糕時，已經太遲了。

我早就決定絕對不能在桃子嬸嬸面前哭泣。因為我認為在最痛苦難過的桃子嬸嬸面前落淚，是很自私丟臉的行為。都已經下定決心那麼做了，卻在那個午後破功。淚腺一旦鬆脫，就再也止不住，胸口那團急著找出口的熱塊也跟著爆發了。

「對不起。」我淚流不止地道歉。那份找到出口宣洩的情感，無視於我的理性阻擋，化成淚水不斷湧現。

「對不起，對不起。」我低著頭不斷說抱歉。

桃子嬸嬸伸出手撫摸我的頭髮，抱住我的頭安撫我。「沒事了。」同時在我耳邊輕輕地說：「不要跟我說對不起。」

聽到桃子嬸嬸輕聲細語的規勸，我的淚水更停不住了。

「可是……真的很對不起。」

「貴子，不要說對不起，好嗎？」

我任憑眼淚直流，好不容易地點點頭。桃子嬸嬸輕輕地捏了一下我的臉頰，她的手指冰冷。我抓起她那蒼白冰冷的手，幾乎是衝動地緊緊握住。好小的手呀！本來桃子嬸嬸的身材就很嬌小，有著一雙好像少女的手。可是現在我覺得她的手變得更小了，握在我手中只覺得越變越小，彷彿就像初雪般即將消失不見。

「謝謝妳為了我而哭。」桃子嬸嬸說。

「悲傷的時候妳不要壓抑，盡量地哭。為了今後還要繼續活下去的你們，淚水是必要的。只要今後還活著，肯定還會遇到許多悲傷的時刻。人生必須在悲傷中打滾。所以千萬不要想要逃避悲傷，悲傷的時候就是要盡情哭泣，然後跟著悲傷一起前進。人活著就是這麼一回事。」

我緊握著桃子嬸嬸的手點頭。桂花甜美的香味還淡淡的殘留在房間裡，我一邊吸鼻子，一邊聞著花香。

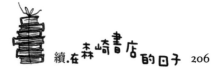

「貴子，妳知道嗎？我一點都不後悔。能夠跟阿悟重聚，在他身邊度過剩餘的歲月，還能擁有說再見的時間，我真的覺得很好。再加上能跟貴子的感情這麼好，我如果還要奢求什麼，肯定會遭天譴的。」

原來如此。桃子嬸嬸之所以回到悟叔身邊，是為了要跟悟叔說聲再見的。桃子嬸嬸獲知癌症復發也面不改色，或許是因為自己的願望都已經實現了。因此桃子嬸嬸在住院之後，始終都很顧慮周遭人們的心情，而表現得很堅強。她真的是一點都不後悔。

「可是我死後有一件事還是會擔心。」突然又接著說：「貴子，已經給妳添了許多麻煩，現在還這麼說真的很厚臉皮，但是妳能不能夠聽聽我最後的請求呢？」

「請求？」

我抬起淚水鼻涕交織在一起的臉看著她。桃子嬸嬸用她充滿堅強意志的眼睛凝視著我。

「阿悟他知道我癌症復發後，就再也沒有露出悲傷的神色，總是擺出一副什麼都有他扛著的表情，笑著面對大家。可是我比誰都清楚，阿悟在這種情況下有多麼的悲傷，他是絕對不會承認的。我擔心一旦我走了之後，他連哭都不會，也不知道依賴別人、尋求幫助，一輩子都將背著悲傷活下去。因為他那個人是那麼的溫柔和笨拙。」

「嗯。」

腦海中浮現近來悟叔令人心酸的笑容，我的胸口一陣疼痛。

「所以如果我死後阿悟還是不會哭的話，我希望貴子妳要陪在他身邊。因為我們之間沒有孩子，除了貴子我想不出該拜託誰。如果阿悟躲進自己的殼裡，妳要對他生氣、讓他哭出來，這樣他才能繼續往前走。這就是我對妳最大的請求。」

桃子嬸嬸緊緊握住我的手，身體好像哪裡很不舒服，表情變得有些扭曲。

「對不起，拜託妳這種事。」

「我答應妳。」我看著桃子嬸嬸的眼睛，語氣堅定地說。我希望讓她知道，我完全能夠明白她的心意。

15

葬禮是在悟叔家舉行的。

當天是跟桃子嬸嬸極其搭配的十月陽春晴日。桃子嬸嬸的父母在她年輕時就過世了，出席的親戚除了我父母外，幾乎沒有什麼親人，取而代之的是許多跟她有交誼的神保町友人，例如以三爺為代表的書店熟客、「思波爾」的老闆和高野、中國老闆和小餐館的客人，還有桃子嬸嬸以前離家工作過的山莊老闆娘她們……當然還有和田先生和小朋。小朋和山莊老闆娘還為了幫忙準備守靈用的宵夜，提早趕來，讓缺乏人力手忙腳亂的我和母親頓時輕鬆許多。

知道桃子嬸嬸是那麼受到大家的喜愛與疼惜，我打從心底為她感到高興。而且大家都想用愉快的心情送她最後一程，因為用悲傷的氣氛送走到最後都展現出堅強意志與燦爛如花般笑容的桃子嬸嬸，怎麼想都不太對。這是大家有志一同的想法。

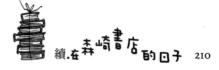

因此守靈那一夜，大家圍坐在桃子嬸嬸的棺木旁，跟平常一樣有說有笑。喝得醉醺醺的三爺因為曾經答應桃子嬸嬸，演唱一曲他拿手的民謠小調，結果卻沒能實現，於是一個人又說又唱地表演了三十分鐘以上，最後還被他老婆怒斥「少在那裡丟人現眼了」。一位桃子嬸嬸的遠房女親戚看到我們飲酒作樂的樣子，皺著眉頭露出「未免太不檢點」的鄙夷表情，其實真是天大的誤會。我們當然也很悲傷，只不過我們選擇了桃子嬸嬸樂於接受的方式表現出來。

我覺得那是一場讓人印象深刻的好葬禮。我確信桃子嬸嬸也會喜歡那場葬禮。實際上棺木中桃子嬸嬸的表情很安詳，甚至還給人神采光輝的感覺。大家都異口同聲地表示「桃子的表情很安詳」、「是呀，好像跟我們一起同樂的感覺」、「一定是這樣子沒錯」。

可是有一點讓我始終放不下心。

那就是悟叔。悟叔在整個葬禮期間幾乎都沒有開口，也沒有吃東西和喝酒，而是很有禮貌地對前來弔唁的人們鞠躬行禮，態度莊嚴地一再言謝。就連桃子嬸嬸火葬時，站在拚命拭淚的三爺和思波爾老闆等人身邊的他，也只是茫然地望著天空，彷彿要看透天邊似地，眼神飄邈遙遠。

就算悟叔當場哭得死去活來，我們也早已做好了溫情的因應之道。老實說，我多麼希望悟叔能那樣子的依賴我們，跟著我們一起悲傷。可以的話，我也希望對他說些安慰的話語。可是悟叔從頭到尾就是不見任何示弱的態度。

最後守在病床看著桃子嬸嬸斷氣的人，當然是悟叔。我不知道當時的悟叔是什麼表情、心中在想些什麼、說了些什麼話。至少在葬禮時的悟叔，一如桃子嬸嬸所擔心的，他給我的印象是極力避免流露出自己的心情。

「我想暫時不開店做生意。」

悟叔告訴我這個決定，是在葬禮過後不久的某一天。

那天我因為掛念悟叔的狀況，下班後先繞到森崎書店去看他。可是明明還是營業時間，鐵門卻已拉上。我擔心地拿起手機打到悟叔家，等了好久悟叔才來接聽。然後對於我的詢問，他用很疲憊的聲音回答：「我打算休息了。」

困惑的同時，我也有「唉，果不其然」的感覺。其實早就有預感悟叔最近可能會提起這件事。

「身子撐不住嗎？」我問。

「不，倒也還好啦。」悟叔在電話那頭發出霸氣全失的聲音。

「有好好吃飯嗎？要不要我煮點東西帶過去給你？」

「我沒事，就是有點累而已。那就……」

電話就被掛斷了。不過這一個月來，眼看著悟叔日益憔悴，我也贊成他應該要好好休息才對。我希望他好好休息，讓心情恢復平靜後再回到店裡。那肯定是悟叔最好的良方。

我還以為這樣的情況應該只有幾天，頂多休息一個禮拜吧。沒想到森崎書店的沉重鐵門就這樣一直關上，沒有重新開店的跡象。鐵門中央貼著一張白紙，上面手寫著「暫時休息」。經過風吹雨淋後，那張紙也斑駁破爛、搖搖欲墜。

「阿悟到底什麼時候才要開店呢？」

幾乎每天都來書店前探望的三爺，似乎因為少了一個去處而顯得神情落寞。

「我能理解他的心情，但還是希望阿悟能夠振作開店。我們這些老客人也許力量微薄，但多少還派得上用場。問題是阿悟本人不在，叫我們如何鼓勵他呢？」

有機會見到阿悟，幫我轉達一下。三爺在電話中拜託我傳話。

對呀，有很多人在等著書店重新營業，這一點悟叔當然也很清楚吧……

結果在那之後，書店的鐵門還是沒有開啟，悟叔休息了將近一個月。這段期間他都在幹什麼？好像成天都窩在家裡。桃子嬸嬸過世之前，他是那種不管發生什麼狀況，都堅持要開店的人。難道是以前繃太緊，以至於現在像是洩了氣的皮球一樣嗎？

我到悟叔國立的家去探望他。電話中他總是回答有好好吃飯，但說話的聲音有氣無力，所以我途中經過超市買了些食材，準備做飯給他吃。

那間位在站前的大型超市，以前跟桃子嬸嬸去過幾次。桃子嬸嬸常去那裡是因為那家店的特價時段，價格比其他店便宜。還記得我們一起逛超市時，嬌小的她整個人靠著購物車上輕快地滑行在通道上，逗得我哈哈大笑。這些回憶的點點滴滴，在她過世之後常常在不經意間突然浮現，每一次都讓我的心頭像是破了一個大洞似地有些感傷。

那種失去心愛的人的失落感，至今我仍會在任何地方、以任何形式感受到。

買完東西，雙手提著超市塑膠袋穿越住宅區的巷弄，前往悟叔的家。有幾隻蜻蜓飛過夕陽餘暉的天空，其中一隻眼看要停在我的肩頭上，旋即又向上飛去。走著走著突然覺得很想哭。我趕緊加快腳步往悟叔的家前進。

事前有通知悟叔傍晚會到，可是按了門鈴好久就是沒人來應門。大門沒上鎖，我擅自走進玄關，對著樓梯呼喚，只聽到從二樓悟叔的房間傳來一聲回應。

我先到客廳桃子嬸嬸的牌位前合十祭拜。她的遺照是一個喜歡攝影的書店熟客在半年前拍的。那是一張以森崎書店為背景，桃子嬸嬸面帶微笑的照片。看著那畫面，心情也跟著愉悅起來，真是一張好照片。

接著我爬上樓梯，敲了一下悟叔的房門才進去。太陽都已經要下山了，悟叔卻還穿著兩件式的睡衣躺在被窩裡睡覺。頭髮蓬亂，鬍子沒刮，看上去活脫是漫畫裡小偷的模樣。因為實在太邋遢了，我忍不住放聲大叫。

「悟叔！」

悟叔睜開惺忪的眼睛看著我，「早呀」的一句莫名其妙的問候。難不成他最近整天都是這個樣子？房間裡到處散落著洋芋片的包裝袋、便利商店的便當盒。

「你在幹什麼？」

「睡覺啊。」

悟叔從被窩裡伸出雙手，擺出了和平的手勢。

「少給我來這一套！」

我用力扯掉他身上的毛毯，悟叔立刻像軟蟲般縮成一團。我不管三七二十一，又把緊閉的窗簾給拉開。

「不要！照到光我會化成灰的。」

「鬼扯！」

當我回過神時，發現他幾乎已經快發出哭聲。不知為什麼我覺得放心了。因為悟叔還好好活著，他確實存在著。

我倒不認為悟叔會跟在桃子嬸嬸後面尋死，可是最近的悟叔一個人試圖扛起所有的傷痛，變得離我十分遙遠。所以就算他變成一隻軟蟲，只要確定悟叔的存在，我就很高興。

「對不起，貴子。」

悟叔可能察覺了我的心情，有點難為情地坐在被窩上，拿起有著骯髒鏡片的眼鏡戴上，窺探著我。

「算了，我得先做飯才行。我們一起吃吧？你最近一定都沒好好吃飯吧？」

「嗯，對不起。」

悟叔乖乖地點頭。

我走進廚房，做了悟叔愛吃的咖哩飯。當然是配合悟叔的喜好，選用偏甜口味的佛蒙特咖哩。廚房因為很久沒人使用，顯得很乾淨。

我將盛盤的咖哩飯、沙拉和蛋花湯端進客廳裡，然後叫悟叔下來吃。用餐之前，我勸悟叔先到洗手間洗把臉，順便把鬍子給刮了，他順從地走進了洗手間。然後我要他換掉身上已經很髒的睡衣，他到二樓換了一套下來，但顏色和式樣幾乎一模一樣。

可是當我看到走進客廳的悟叔時，頓時驚叫出聲。因為他的嘴邊一片血紅。

「怎麼了？」悟叔茫然地張開嘴巴問我，而且還繼續走向我。

我嚇得大喊：「血！血！」

「哦！因為太久沒刮鬍子，好像不小心割到了。」悟叔不當一回事地說著。等到拿面紙擦拭嘴邊，看見沾滿血跡的面紙時，才像個傻瓜一樣驚呼，「哇咧，這下可嚴重了。」

「什麼哇咧不哇咧！你要對著鏡子刮鬍子。」

「因為現在這副德性，連我自己也不想看。」

看來他還有自覺，知道自己現在什麼德性。不過他在這種時候還是會做出令人猜不透的舉動，所以我絕對不能大意。

總之，我們開始吃晚餐。悟叔還是眼神呆滯、沒有表情，像個機器人似地把咖哩飯送進嘴裡，看起來不像是在用餐，不過總比什麼都不吃好吧。

「三爺他們都很擔心你，說等著悟叔開店，要跟你見面。」

一邊吃著對我而言口味太甜的咖哩飯，一邊將三爺等人的話傳達給悟叔知道。

「是嗎？真是對不起他們。」

「大家都在等著你。」

「嗯。」

「下次我也會幫忙，我們一起去店裡吧？」

「我會考慮的。」

悟叔不帶感情地吐出一些句子，最後說了聲「不好意思，我吃飽了」，就放下湯匙。連一半都沒吃完，身體也還很虛弱，照這樣子下去是不行的。我已經答應桃子嬸嬸了，必須幫助悟叔繼續往前走。但具體而言該怎麼做，我一點頭緒都沒有。我能做的就是幫悟叔做飯、洗衣服、陪他說說話而已。悟叔要是肯開店，至少我還多一樣用處。

「悟叔。」出於擔心，我小心翼翼地問。

「嗯？」

「你該不會就這樣把店給收掉不做了吧？我是覺得休息有其必要，可是你現在好像一直都在休息吧？」

悟叔聽了我說的話，一臉詫異地抬起頭，但立刻又眼神黯淡地垂下頭。

「我不知道……」

「悟叔……」

「我真的不知道呀。我不是不想開店，也知道有很多客人在等著我開店。可是我好痛苦。那家店是我和桃子一起開的，桃子不在的時候我還能開店，是因為我知道她在遠方的天空下活著。當她疲倦受傷、走投無路時，我要為她留下一個可以回來的地方。我是抱持著那樣的心情開店。」

悟叔說這些話時表情又變得僵硬，有時還會痛苦地扭曲。

「可是現在在店裡，我會覺得很痛苦。那裡有過太多的回憶，那些回憶會硬生生地提醒我桃子已經死了的事實。我不希望時間繼續前進。一旦時間前進，桃子就會離我越來越遠。」

悟叔凝視著我背後那個放在屋子角落的掛鐘，那是從外祖父的時代就有的掛鐘，至今仍滴答滴答地正確報時。我想，現在看在悟叔眼中，掛鐘的指針應該是停止不動的吧。

我不能就這樣放任他不管，於是慢慢開口說：「悟叔的心情，我懂。至少我以為多少能懂一點，因為我也是那麼的愛著嬸嬸。可是你錯了，相信你也知道自己錯了吧？因為我們還活著，時間不可能停止不動。就算腳步再怎麼沉重，還是得一步一步跨出腳步。」一時之間覺得胸口堵塞，但我仍繼續說下去：「就算必須把已經不在的人給拋到腦後。」

「貴子……」

我試圖看著悟叔的眼睛說話，但悟叔總是立刻把視線給轉開，我還是不為所動地繼續說下去。

「悟叔你不明白，你教會我許多事，也跟我說過許多話。所以我現在雖然腦筋一片混亂，但還是想從中找出一些你能接受的話。悟叔不是教過我嗎？用自己的話去跟人相處的重要性。」

不知道悟叔是否有在聽，他始終眼光低垂，但最後他彷彿放棄了一切，語氣沉重地說：「我是不懂，所以就這樣子算了吧……」

之後森崎書店依然沒有開門營業。

我能做的，頂多就是保持書店的整潔。如果長期讓舊書放在通風不良的房間裡，會容易發霉而賣不出去。我希望一旦悟叔有心重新開店時，店裡隨時都能蓄勢待發，相信那也是桃子嬸嬸的期待。

下班後，我拿出以前借住時就交給我保管的鑰匙從側門進入書店。室內已經放置一個月沒人管，空氣汙濁沉重，充滿了潮溼的霉味。黑暗中，我摸索著電燈開關的位置打開燈火，日光燈先是一閃一閃地，終於才讓店內大放光明。因為灰塵的關係，我打了個噴嚏，聲音響徹整間屋裡。

我先將窗戶都打開，讓空氣流通。然後花時間掃地，拿抹布擦拭地板和書架之間的空隙。過於明亮的燈光讓店內看起來更顯冷清，彷彿深藏在地底下的倉庫一樣。光是站在這裡，落寞的心情就一層又一層地堆疊在心頭。名叫次郎的椅墊也長期得不到主人的關愛，顯得很孤寂的樣子。

曾經被悟叔如此喜愛，有那麼多人重視的地方，如今卻被拋棄，不再有人需要……想到這點就感到心痛不已。

爬上二樓，先用花灑幫桃子嬸嬸種在窗邊的植栽澆水。已經好久沒有吸收水分，每一棵植物都垂頭喪氣地萎縮了。我輕聲地對著花草說對不起，一盆又一盆地充分澆水。

九點過後離開書店，夜晚的空氣乾燥，冰冷的風吹得肌膚刺痛，我不禁縮起身體，看見自己吐出來的氣息在黑暗中顯得特別白，感到有些驚訝。

這個世界已經是冬天了。

就算人已消失，季節依然會轉變，而且不停地轉變。雖然是很正常的現象，但現在卻覺得很不合理。

我下次還會再來。回頭看著書店，在心中呢喃後轉身離去。

「貴子辛苦了。」和田先生在電話中安慰我。

最近我的心情一直很沉重，明知道不應該，還是忍不住對和田先生撒嬌。

「可是我說的話他都聽不進去，讓我很困擾……」

到底我該怎麼做，才能不負桃子嬸嬸的請求，讓悟叔繼續往前走呢？

「沒辦法，因為對森崎老闆而言，最重要的人過世了。這麼說也許很不恰當，要是我也一樣從此再也看不到貴子，搞不好會放棄一切。」

聽到和田先生那麼說，我開始想像相反的情況。不過只是瞬間的想像而已，眼前已經覺得一片黑暗。對了，桃子嬸嬸過世時我雖然也很悲傷，但還是不及悟叔悲傷的程度。我很後悔那天居然大言不慚地說自己多少能理解悟叔的心情。對悟叔而言，桃子嬸嬸的存在就像是織田作之助的一枝一樣。

「那間店對悟叔來說，象徵著他和桃子嬸嬸共同度過的日子。」

森崎書店充滿太多的回憶。我想起悟叔說這句話時的身影。悲歡與共，長達二十年的回憶，就像是地基般層層堆疊在書店裡。

「他現在應該還無法回顧那些日子的過往吧？」和田先生說：「不過正因為那裡充滿了回憶，相信有一天他會重新認為那裡是很重要的地方。在那之前貴子只要充滿信心地等待就好了，不是嗎？」

「嗯，也只能那樣了。」

之後每隔幾天只要有空我就會到店裡去，雖然我能做的也只是幫忙通風換氣、打掃、檢查藏書有沒有發霉而已，但只要做好這些，悟叔隨時想開店就能開店。

經過幾次以後，有一回小朋也陪著我做這些事。老實說，我一個人在書店裡常常會想起過去種種，有時也會很難過，所以她來陪我，讓我十分高興。

兩個人一起做事，不用三十分鐘就能打掃完畢。小朋充滿幹勁地提議，乾脆連二樓的藏書也來作一番整理吧。但因為一旦動起手來，恐怕連末班電車都會趕不上，所以我用「下次找機會再說吧」，予以婉拒。

包含上次在桃子嬸嬸的葬禮上，最近總是一味依賴小朋的幫忙。關於這一點，我真的是很感激她。

剛好那天晚上是個好機會，我在剪票口正式跟她表達謝意。小朋還是跟平常一樣很客氣地說：「不要那麼說啦，我其實沒幫上什麼忙。」

「最近真的麻煩妳很多事。」

我仍堅持表達自己的謝意。這時她很唐突地提起，「我打算年底回家時，跟姊姊以前的男朋友見面。」

「是嗎？」

「是的。對方好像一直很關心我，我卻始終避不見面。所以我想好好跟對方道歉，說是做個了斷可能太誇張，但我想那樣做之後，我才能繼續往前看吧。」

「說得也是，妳絕對要那麼做才對。」

我很高興小朋能那麼想，由衷贊成她的決定。

「我會這麼想都要感謝貴子和高野。」

因為小朋那麼說，我連忙回應，「沒有啦，我什麼都沒有做呀。」

小朋聽了嘻嘻一笑說：「看吧，就連貴子也說一樣的話，所以我們是半斤八兩。我不是為了要得到妳的感謝才那麼做，貴子也是一樣。就是這麼一回事。」

十二月初，街頭開始看到華麗的聖誕燈飾。

那天晚上我又去了森崎書店，近來幫書店通風換氣和打掃已經成了一種習慣。做完一整套例行作業，到了該回去的時刻，我卻遲遲不肯走出店門。總覺得捨不得離開，很想多留一會兒。於是就坐在櫃臺後的老位置上，沒有很刻意，就是自然而然地坐下。雖然開了暖氣，但因為到剛才為止窗戶都開著，所以店內跟外面幾乎一樣寒冷。我一邊搓著手一邊想，屋內怎麼不快點變暖和呢？

看著牆上的時鐘，已經快要十點了。雖然也知道再不回去就糟了，身體卻背叛理性的思考，動也不想動。大概是剛吃完尾牙吧，一群人喧鬧地經過窗外。

突然間我的視線停留在櫃臺下面收進工具盒的帳簿。說是帳簿，其實這間小店也記不了什麼重大項目，不過就是記錄賣了什麼書、金額多少。只是平常悟叔用的帳簿是皮革封面，更厚些，而且用久了已經有些破破爛爛。眼前這本較薄也比較新，心想會是什麼呢？便抽出了那本好像故意藏在後面的帳簿。

「啊……」打開一看，不禁驚叫出聲。每一頁都密密麻麻填滿了跳躍般的文字。

那是桃子嬸嬸寫的字。

與其說是日記，更像是簡單的備忘記事。隨著日期和天氣，還記錄了書店裡發生的事。日期是從桃子嬸嬸突然回到書店，開始在二樓生活的不久後。

「阿悟今天因為書賣得不錯心情很好」

「幫倉田先生保留想要的鷗外」

「別忘了整理花車！」

「下雨上午生意掛蛋，悲哀」

「貴子心情不好？擔心」

我讀了前面幾頁後，趕緊將本子闔上。因為本子裡確切保留了桃子嬸嬸的一些想法，桃子嬸嬸、我和悟叔一起共度的日子就刻印在裡面。雖然不是傳世名作，也不是文豪遺筆，對我們卻極其貴重。

得趕緊拿去給悟叔看才行！我才這麼想，從椅子上站起來的同時，因為聽見側門砰地一聲開門聲，整個人嚇得跳了起來。一看竟是悟叔氣喘如牛地站在那裡。不知道為什麼臉上露出驚嚇的表情，等到認出是我時，才又變成失望的神情。

「原來是貴子……」悟叔無力地笑著說：「我沒事隨便晃到二手書店街，突然看見店裡的燈亮著……」

接下來的話不用聽，光是看悟叔的表情也能想像得到。悟叔還以為是桃子嬸嬸在店裡，儘管理性告訴他那是不可能的事。不過我為悟叔的突然現身倒是感到震驚不已。

「貴子……」

悟叔一副百思不得其解的樣子看著我。

有這麼巧合的事嗎？背後應該有某種力量在推動吧？我只能認為發生了無法用言語形容、奇妙的事情。我發現桃子嬸嬸的本子，心想要拿給悟叔看，誰知道他本人馬上就衝了過來……

「悟叔。」

我驚甫未定地將本子拿到悟叔面前。

「這是嬸嬸寫的本子。」

「桃子嗎？」

悟叔茫然地看著我手上的本子，過了一會兒才慢慢伸出手去接。

「可以讓我先坐下嗎？」

悟叔坐在次郎上面，專心一意地翻閱本子，仔細閱讀上面所寫的文字，突然面露微笑說：「那傢伙是什麼時候寫了這些東西？」

「就是說嘛。」

終於店裡的暖氣起了作用，逐漸變暖和了。悟叔埋首在本子裡不停地翻頁，不時傳來紙張翻動的聲音。然而就在我心想不如泡個茶，準備上二樓拿茶壺和杯子時，悟叔突然簡短地叫了一聲。

「怎麼了？」

我覺得不太對勁，從旁邊偷偷瞄了過去，結果連我也忍不住叫出聲。原來在最後一頁寫下了一篇長文，標題是「寫給阿悟」。上面也有日期，是在桃子嬸嬸病倒被救護車送往醫院的前兩天。

「這是……」

我才一開口，只見悟叔眼睛看著本子默默點頭，手正微微顫抖。

「我是不是該先避開一下比較好？」

「不、不用，妳留在這裡。」

「好。」我點點頭閉上了嘴巴。

接著悟叔花了一點時間讀那篇文章，然後抬頭望著天花板良久。之後調整好姿勢又再重讀了一遍文章，這次他將速度放慢。這段期間我百無聊賴地在店裡東張西望走來走去，突然間悟叔默默將本子遞給我，我嚇了一跳。

「我可以看嗎？」

「沒關係的，我想要給貴子看。」

悟叔凝視著我的臉，像是催促似地將本子遞過來。我有些猶豫，最後還是決定接下。

寫給阿悟

當你發現這封信時，會是什麼時候呢？如果你的心情已經完全恢復平靜，那就沒有必要繼續讀下去。請你拿去擤鼻子，然後丟掉。

我也曾想過應該留下遺書，如此一來阿悟一定會馬上拆開閱讀。

我覺得那樣就失去了意義，所以決定寫下這封信，就當作是我的遺書吧。

遺憾的是我無法活得比你更長久，我想這也是上天的旨意吧。所以很對不起，我比你先走一步。

留下愛哭的你，是件很痛苦的事。你向我求婚時，也曾哭得淚汪汪說「妳沒有我或許沒問題，但是我沒有妳就不行」。當時我笑著回應「真是傷腦筋的人」，其實內心很高興。因為走遍全世界，大概只有你才會對我說那些很丟臉，但也很棒的話吧？但其實我也是沒有你就不行。

之後我們苦樂與共，度過許多愉快的日子，但因為我的自私任性，帶給你許多的困擾。可是你依然還是熱情迎接一度決定離你而去的我。你對著我說要我回來。我實在受不了你，你就是那麼溫柔的人。溫柔的到最後都不肯放我走。也從未放棄我。

我決定今後開始直到我死，我每天都要跟你說一次謝謝，但這仍不足以感謝過去以來你對我所做的一切。如果這樣能夠稍為傳達出我對你有多麼的感激，我就覺得很高興了。

唉，我的文章寫得越來越雜亂無章。雜亂無章的漢字是這麼寫的，沒錯吧？就算寫錯了，也請你不要在意。

總之我的願望是，一如對我而言，跟阿悟的回憶是那麼的精彩，所以希望你對我的回憶不要是悲傷的，而是快樂的、美好的。如果你每天生活就像是我在住院期間看到的那張苦瓜臉，我只希望你能知道那絕對不是我所樂見的。我希望你能笑口常開。因為我最喜歡你的笑容。

你的身邊有許多支持你的人，請你記得這一點，多多依賴他們。我對其中最值得信賴、最喜歡的人已經做了一個小小的請求。

最後我還有個請求。

森崎書店今後就拜託你了。那裡有著你和我曾經在一起的證明。我知道你有多麼喜歡這間店，我一樣也深愛著這個地方。可以的話，我希望能繼續看著你在店裡工作的模樣。因為你在店裡工作的時候最耀眼！當然那只是我任性的想望。但至少我希望今後你仍可以跟森崎書店繼續往前邁進。

希望阿悟今後能繼續守護這間充滿我們、還有許多人回憶的店。

森崎桃子　筆

桃子嬸嬸好詐呀！事先告訴我留了這一手不就沒事了嗎？我不知道她是早就看出悟叔會難過到關店不做生意呢？還是說為了保險起見？總之，這篇文章充滿了她對悟叔和森崎書店的愛。其中充滿許多桃子嬸嬸的想法，而且她還說我是她「最喜歡的人」……

「真是傷腦筋的傢伙。」悟叔將本子交還給我，露出了苦笑。「貴子，那傢伙拜託妳做什麼？有沒有造成妳的困擾？」

「悟叔，不要再撐了。」

聽到我這麼說，悟叔裝傻地睜大眼睛笑著反問：「我哪有？」

「嬸嬸她說：『希望你盡情地悲傷，然後繼續往前活下去。』」

「不，貴子，我……」

不等悟叔想說些什麼，我繼續說下去。

「我什麼都不能幫你。雖然什麼都幫不上忙，但可以陪你一起哭。所以悟叔，不要再自己一個人強忍著悲傷了。」

悟叔一動也不動地看著手上那個本子，像是在忍耐著什麼，過了好久一直動也不動。當我看到他的嘴脣微微顫抖時，突然間就像野獸般發出嘶吼聲，彷彿奮力地擠出胸口所有的空氣，泣不成聲、不停地哀號。我走到悟叔身邊，輕撫他日益消瘦的背。看到悟叔那個樣子，我的淚水也奪眶而出。

「那傢伙每次在醫院見面時，都會跟我說『謝謝』。儘管我說聽了快瘋掉，不准她再說，她還是……就連最後臨終的時候……」

我們肆無忌憚地哭泣，一起放聲大哭。悟叔幾乎要哭倒在地，蹲下去後繼續掩面痛哭，我在旁邊無視自己的淚水紛紛滴落在地板上，不停地輕拍悟叔的背。

我們的嗚咽聲在半夜的書店裡產生回音，兩人的哭聲響徹整個屋內，連空氣也跟著迴盪。

就好像書店也跟我們融為一體，一起在為桃子嬸嬸的過世哀悼，一起在為桃子嬸嬸的死悲傷。

我們不停地哭著。

不管哭多久，淚水也不會乾涸。

哭聲一直在店裡迴盪。

深深的長夜溫柔地包住了我們，也包住了森崎書店。

隔天晚上，告訴我森崎書店重新營業的消息，很意外地居然是和田先生。

「我有好消息。」

難得電話中的和田先生語氣興奮、滔滔不絕地說：「今天因為工作提早結束，就去逛了一下二手書街，結果看到森崎書店的燈亮著。」

「是哦。」

還在上班的我站在公司的走廊上，安心地舒了一口氣。

「咦，妳好像沒有很高興？難道森崎老闆還是三爺已經先告訴妳了嗎？」

「沒有，我只是認為悟叔應該已經沒事了才對。阿朗，謝謝你專程打電話來告訴我。」

一夜丕變，隔天就說要開店，的確很像是悟叔的作風。我則是因為哭腫了一張臉到公司上班，感覺糗到了極點。

「是嗎，總之太好了。我也當成是自己的事感覺很高興、很興奮。而且我一走進店裡，森崎老闆不但端茶給我喝，還對我說『謝謝你來參加葬禮』。」

「真的嗎？」

「後來我跟他說想以這間店為舞臺寫小說，他居然說寫好後要拿給他看，要是寫不好的話，他也會不吝批評。」

「什麼嘛！真是太過分了。」我驚訝地說。

「不會呀，我覺得很高興，真的很高興。總之真是太好了，貴子。」

「嗯。」

昨晚發生的事簡直就像是做夢一樣。我偶然發現本子的存在，結果悟叔突然間就出現了……

難道那是桃子嬸嬸的算計嗎？因為擔心活在悲傷中的悟叔……那樣的想法掠過腦海，但我決定不再多想。就算想了，也不知道答案。重要的是我們今後必須繼續往前活下去，僅僅如此而已。

「阿朗，我下班後可以去找你嗎？」

「可以啊，可是森崎老闆已經回去了耶？」

「嗯，我還是要去。」

「那在『思波爾』見吧？」

「嗯。」

「了解。」

窗外已經完全天黑了，微缺的大圓月綻放出耀眼的光芒。

16

放假的日子，我走在熟悉的巷弄間。天氣雖然放晴，卻還是寒冷的二月天午後。淡藍色的天空中有著幾抹像是用水彩畫的浮雲。桃子嬸嬸織給我的手套，戴起來好溫暖。

今天的二手書街一如往常，充滿了安靜祥和的空氣，總覺得擦肩而過的行人腳步看起來都很悠閒。我沿著低矮建築相連的道路往前走，然後轉進巷子裡。這時候一如預測，果然聽見有人大聲呼喚著我的名字。

「貴子！」

我覺得很丟臉趕緊加快腳步，走向聲音的主人表示抗議。

「不是叫你不要在馬路上那麼大聲喊我的名字嗎？」

「為什麼不行？」

「因為很丟人呀。」

不管我怎麼說，悟叔他這個人就是這副德性，實在很傷腦筋。可是聽到他的聲音，我又覺得很安心。因為我知道這地方是我的容身之處，一個會歡迎我前來的場所。

「還好吧？」悟叔春風滿面地問我。

「很好。」

「那就好，很冷吧？我來泡壺熱茶。」

「嗯。」

在那之後森崎書店便恢復了正常營業。每天從早到晚，一如從前。

悟叔剛開始重新開店時，雖然也曾叫苦，「怎麼辦？休息了一個多月，收入幾乎是零。」但他無視於那種慘狀繼續營業不久後，店裡開始起了一陣小小的騷動。在三爺的帶動下那些聽到消息的老客人們每天都相繼而來，這時悟叔必須做的是一一向他們低頭陪罪。其實大家都很高興，真正生氣的客人倒是一個也沒有。

受到許多老客人們熱情對待的悟叔，似乎真的很高興。從他的表情來看，不用多問也很清楚，現在已經沒什麼好擔心的了。當然他還沒有完全從桃子嬸嬸過世的打擊中站起來，喪偶的悲慟今後也不可能完全療癒吧。但是悟叔已經決定要向前走，決定要帶著悲傷繼續活下去。

至於我的生活，也起了一些小變化——我和和田先生近期內要結婚了。彼此已經見過雙方家長，目前正一起找新房。事實上我今天來書店就是要報告這件事。問題是悟叔依然對和田先生充滿敵意，我才若無其事地提到「和田」二字，他就馬上變臉，裝出正經八百的口吻跟我談論「在電子書籍抬頭，出版業界不景氣的今後，二手書業界要如何因應」的話題。

「妳看看，這個人就是這一點讓人受不了。」

要是桃子嬸嬸在這裡，她百分之百會這麼說吧？我真的有種桃子嬸嬸也坐在旁邊跟我們一起喝茶的錯覺。

「算了啦，悟叔就這種人嘛。」

我還真的對著以為坐在旁邊的桃子嬸嬸露出苦笑。

結果悟叔一臉茫然地問我，「什麼？」

「沒有呀。」

我趕緊用笑聲呼攏過去。

「對了，還記得以前我們一起去過夏季廟會的事嗎？」

「夏季廟會？」

「沒錯，在我很小的時候，不是有一起去過廟會嗎？」

「啊，好像有過那種事吧。一聽到廟會的音樂聲，貴子就拚命吵著要去看，完全不聽大人的勸。」

「沒錯沒錯，結果我們去便利商店買了冰棒吃才回家。」

「說得也是，那天還真是悲慘呀。」悟叔想起當年的情景微微一笑，「幹麼突然提起這件事呢？」

「有一天嬸嬸在病房裡要我說個故事給她聽，我就說起了那個晚上的事。」

「是嗎。」

「嬸嬸說她希望那天晚上也能在場。」

「嗯。」

「我常常會想起那個時候的事。」

「是嗎。」

「嗯，就只是這樣。」

我們兩人同時都喝起了茶。我想起那時候桃子嬸嬸的表情，悟叔也似乎想起了什麼，嘴角浮現淡淡的笑容。

就在我們各自有所感觸的時候，聽見輕輕開門的聲音，我自然往門口看過去，差點就驚叫出聲。

原來從拉門縫探頭進來的是那個謎樣的紙袋老爺爺，他已經好久都沒來書店了。

老爺爺提著裝滿書的紙袋，表情一如從前地走進店裡，我目不轉睛地盯著他看。因為老爺爺身上的毛衣，已經不是那件古代遺跡風的毛衣了。雖然顏色一樣是灰色的，但這一件的前方織有一整面鹿頭，十分花俏，而且還沒有任何綻線的新毛衣。

更令人驚訝的是，老爺爺從書架上挑了幾本書拿來結帳時，居然對著悟叔聊起天來，「原來還是有在做生意嘛。」

從前不管發生什麼事，從來都沒開過金口的他突然說話，讓悟叔也有點驚訝。

「唉呀，真是不好意思。有一陣子休息沒開店。」

悟叔搔著頭，很有誠意地道歉。

「我還以為倒了呢。」

老爺爺壓低聲音咕噥了一句，不等悟叔回應，把書直接塞進紙袋裡，轉身走出店門。

我和悟叔像是被牽引似地也一起走到店外，並肩站在一起目送老爺爺搖搖晃晃、腳步蹣跚離去的身影。

「原來老爺爺依然健在呀。」

我對悟叔說看到意想不到的客人上門，我覺得很高興。老爺爺的身影漸行漸遠，終至看不見。外面的氣溫很低，風也很冷，午後柔和的陽光照亮了巷子的地面。

「嗯，太好了。」

「一定是店裡休息的期間，他有來過。」

「嗯，真是很對不起那些客人。」

「他的毛衣是新的吧？」

「是新的。」

「好花俏喲。」

「很花俏。」

「大概是以前那件終於不能穿了，才換新的吧？」

「貴子。」

「對不起，人家知道啦。不可以追根究柢，對吧？」

「沒錯。」悟叔用力點頭，彷彿是在告訴自己般說：「這裡可是賣書的店。」

他的神采奕奕，似乎也充滿了驕傲。

我喜歡的一位作家曾在作品中留下這句話——

> 人會忘了許多事。經由遺忘繼續生存下去。可是人的思念就像波浪退去一樣，總是會在沙灘上留下水紋。

如果真是那樣也好，我心想。那句話帶給我莫大的希望。

遠方的天空有飛機駛過，留下一道新生的飛機雲。

「悟叔，你看，飛機雲耶。」

我指著天空，悟叔也抬起頭瞇著眼睛說：「哦。」

飛機雲越拉越長，在淡藍色的天空中清楚畫出一條長長的白線。

這裡是位在東京二手書街的一間小舊書店，裡面充滿各式各樣的小故事，也充滿了許多人的感情與想法。

【Echo】MO0019Y

續・在森崎書店的日子
続・森崎書店の日々

作　　者❖八木澤里志（YAGISAWA Satoshi）
譯　　者❖張秋明
封面插畫❖Agathe Xu
封面設計❖陳文德
排　　版❖張彩梅
總 編 輯❖郭寶秀
責任編輯❖許鈺祥、蔡雯婷
行銷業務❖羅紫薰

發 行 人❖凃玉雲
出　　版❖馬可孛羅文化
10483台北市中山區民生東路二段141號5樓
電話：(886)2-25007696
發　　行❖英屬蓋曼群島商家庭傳媒股份有限公司城邦分公司
10483台北市中山區民生東路二段141號11樓
客戶服務專線：(886)2-25007718；25007719
24小時傳真專線：(886)2-25001990；25001991
讀者服務信箱：service@readingclub.com.tw
劃撥帳號：19863813　戶名：書虫股份有限公司
香港發行所❖城邦（香港）出版集團有限公司
香港灣仔駱克道193號東超商業中心1樓
E-mail: hkcite@biznetvigator.com
馬新發行所❖城邦（馬新）出版集團 Cite (M) Sdn Bhd
41, Jalan Radin Anum, Bandar Baru Sri Petaling,
57000 Kuala Lumpur, Malaysia.
Tel: (603)90563833
E-mail: services@cite.my
製版印刷❖前進彩藝有限公司
三版一刷❖2022年12月
三版二刷❖2023年11月
定　　價❖320元（紙書）
定　　價❖224元（電子書）

ISBN：978-626-7156-39-1（平裝）
ISBN：9786267156438（EPUB）

城邦讀書花園
www.cite.com.tw

國家圖書館出版品預行編目（CIP）資料

續・在森崎書店的日子／八木澤里志著；張秋明譯. -- 三版. -- 臺北市：馬可孛羅文化出版：英屬蓋曼群島商家庭傳媒股份有限公司城邦分公司發行, 2022.12
面；　公分 --（Echo；MO0019Y）
譯自：森崎書店の日々・続
ISBN 978-626-7156-39-1（平裝）

861.57　　111016920